用文字照亮每个人的精神夜空

领读文化传媒
LINGDU Culture & Media

微信｜微博｜豆瓣　领读文化

生活 与 忆念

何怀宏 著

C°S 湖南人民出版社 ·长沙·

目 录

十八年里会发生什么？

　　十八年是一个孩子从呱呱坠地到成年的时间。如果两个恋人在十八年里倒还不是远隔河汉而"脉脉不得语"，而是几乎天天见面却不能"耳鬓厮磨"，最后会发生什么？哈金的小说《等待》，就讲述了这样一个时间如何影响爱情的故事。大约在二十世纪的六七十年代，一个部队医院的医生孔林，每年回乡下老家探亲都想同妻子淑玉离婚。妻子没文化，不漂亮，还小脚，他当时是为了照顾母亲而娶了她，他觉得和妻子一直没有感情。但妻子总是开始答应离婚，在到了法院的最后关头又改变了主意，所以，他只能寄希望于法院的一个规定：如果分居满十八年了，可以不经妻子同意单方面离婚。而他和妻子的事实分居已经越来越接近这个期限。

　　孔林十八年来一直急着办离婚，是因为在医院里有一个等着和他结婚的女友吴曼娜。孔林是一个温和的人，而淑玉是一个更温和的贤惠女子。他没办法对她生气。而且，如果采取激烈的

1

手段，组织也可能会有难以预料的严厉惩罚措施。于是，他和他的女友只能等待，并遵守法院的规矩，不能有任何越轨行为，否则能否离成婚也是未知的事。

孔林和吴曼娜两人终于等到了结婚的这一天。这十八年里自然也发生了种种似乎给出了希望、又还是失望，甚至是痛心的摧残的一些事情，这里且按下不表。重要的是现在"有情人终成眷属"。甚至后来他和她还生了一对双胞胎。但是等来的似乎并不是美满的生活。两人的性格和感情在这十八年的漫长等待中已经改变了许多，妻子变得越来越暴躁，而丈夫变得越来越冷淡了。

在新妻吴曼娜一次激烈地发脾气之后，孔林走出了家门，他痛苦地感到十八年的等待已经将她从一个美丽可爱的年轻姑娘变成了一个动辄发脾气的泼妇。但他知道她一直是爱他的，只是在长久无望的等待中所遭受的痛苦和挣扎扭曲了她温柔的本性，腐蚀了她的希望，摧残了她的健康，恶化了她的心灵。漫长的等待已经把她耗得几乎油尽灯枯。他也开始反省自己，他看清楚自己爱她其实也不够，他能够充满激情地爱一个人的本性和能力还没有得到充分伸展就枯萎了。要是他还年轻，还有足够的激情和活力，他可以重新学习如何全身心地去爱别人，会开始新的生活。但他觉得自己现在已经太老了，没有行动的勇气了，他的心也已经太累了。他的年龄也已经到了不是更渴望爱情，而是更渴望安宁的时候了。

后来，他有一次偶然回家了，妻子又变温柔了。他也感到了她的脆弱，而且悲哀和同情又注满了他的心。他也知道，这之后还是会有不断的发作和争吵。漫长的磨难和坚守之后并不就是像许多童话的结尾所说："从此过着幸福的生活。"在小说的结尾，我们甚至看到孔林去看淑玉母女喝醉了，而他似乎也陶醉在一种暌违已久的、安宁的家的气氛中。这是不是又要回到圆圈的开端？但这的确又唤起了淑玉的希望，她愿意开始自己的等待——而这又会不会将是另一个"十八年"？

在中国古代的唐朝，也有一个等待十八年的故事，有王宝钏独自一人在寒窑中苦苦等待自己出外征战的夫君薛平贵十八年的著名戏曲（据说是根据薛仁贵和柳银环的真实故事改编的）。薛后来成为朝廷高官，终于将王宝钏接入府中，尊为正品夫人，然而据说王宝钏仅过了十八天的幸福生活便辞世了。法国塞巴斯蒂安·雅普瑞索的畅销小说《漫长的婚约》，也描写了一个腿瘸的坚韧女孩不相信自己的未婚夫已经死去的消息，在经过多年千辛万苦、四处奔波寻找之后，终于找到了已经失去记忆和意识的爱人。那最后相见的一幕是感人的一幕，但这既是结束，又是新的开始。在新的一幕里会发生什么，我们还不得而知。无论如何，漫长的、自主的寻找或坚守本身也还是有一种感人的力量，无论那是因为现代热烈浪漫的爱情，还是由于被坚固的传统贞节观念裹挟。

而孔林和吴曼娜的漫长等待却是被动的，有时代和社会的强行干预和限制。不管结果如何，去掉这些不合情理的人为限制至少是对当事人自我选择权利的尊重。社会的进步就在于把这种对自己生活和幸福的选择权利——同时也应是一种重大的责任——尽量交给当事人自己。

人不仅仅是精神的存在，也是肉体的存在。时空的距离是会对心灵、对感情起作用的。沈君山先生曾经提到，在二十世纪六七十年代的中国台湾，许多热恋中的学子中的一方漂洋过海到美国留学，开始也是信誓旦旦，但随着分离的时间一长，慢慢书信就越来越少，最后也就"渐行渐远渐无书"，终于还是分手了。这一幕到了二十世纪八十年代以后，似乎又在大陆的留学生甚至一些已婚的访问学者中更大规模地上演。这大概也是情有可原。因为双方分开后所处的是不同的环境和挑战，且又相隔遥远，沟通都不容易，更难说共同面对。今天，我们也看到不少父母为了孩子的教育和前程，为了各自的事业，甚至有时也就是某些偶然原因，或某种惰性习惯，丈夫和妻子或者父母和孩子长久地天各一方。而不在一起就是不在一起，夫妻短期分离或还可以，年复一年地下去，当最后可以在一起的时候，却可能会发现感情已经淡薄，甚至很难生活在一起了。而至少对大多数孩子来说，可能父母感情深厚，父母能和未成年的孩子生活在一起，才是他们的最大幸福。

非常广，非常独

Facebook的创始人马克·扎克伯格（Mark Zuckerberg）被《时代》杂志评为二〇一〇年的年度人物，当选的理由是他以一种创造性的方式建立了一个社交王国，并因此改变了人类的生活方式。《时代》刊发的利夫·格罗斯曼的文章称，马克已经带领着我们进入了一个Facebook时代，Facebook用户已增至五亿五千万。尤其在美国，将近一半的美国人拥有它的账号，其页面浏览量占到了全美网站的四分之一，它同时也是美国排名第一的照片分享站点，每天上载八百五十万张照片。但七成的Facebook用户还是在美国本土以外，目前Facebook上面有一百五十余亿张照片，地球上每十二个人中就有一个拥有Facebook账号。用户们讲七十五种语言，每月总共花费在上面的时间超过七千亿分钟，并且用户还在以每天七十万人的速度增长。

二〇〇九年十月发行的电影《社交网络》（*The Social Network*），讲的就是马克创业的故事。电影改编自麦兹里奇的书《Facebook：关于性、金钱、天才和背叛》，和真实的原型据说还是有差距的，比如说电影中的角色总是低着头，用鼻子对着对方，而真实的马克却好像总是踮起脚尖，试图看到更多的东西。但其性格的某种孤僻性，应当还是基本一致的。即便现实生活中的马克，也是把交谈作为一种尽可能快速、高效传递数据的方式，而不是一种休闲娱乐活动。他讲话非常快，如果没有数据可交换，他就会陷入沉默，有时他甚至会掉转头，看另外一边，意思是既然你不能利用好这段时间，他就要找到其他途径更好地利用这段时间。不过，我在这里主要还是就电影谈电影。

电影一开始就有一段似乎冗长的马克和女友爱丽卡在"饥渴酒吧"的对话，我们可以在这段对话中看出他为什么会丢掉女友，乃至他在社交方面根本的缺陷：他专心于自己的话题而不怎么倾听对方，而且老是转移思想和话题使女友感到紧张；他猜疑女友喜欢赛艇队的英俊男孩而不欣赏自己，猜疑甚至侮辱女孩和别人上床；他要女友不要做什么，因为她上的只是波士顿大学；他想找到一种办法进入高级的学生"终极俱乐部"，说在那里就可以带女友认识各种大人物。女友终于忍受不了他了，于是当即宣布和他分手。

然而，女友的分手似乎给他提供了一种强大的刺激和动力。他入侵了哈佛的电脑系统，盗取了校内所有漂亮女生的资料，并制作名为"Facemash"的网站供同学打分。他因此遭到校方的惩罚，却引起了温克莱沃斯兄弟的注意，两兄弟邀请马克共同建立一个社交网站。但是马克后来自己干了这件事，他从爱德华多那里得到了最初的一些资金，两人一起作为Facebook的共同创始人。后来，一个叫肖恩的已经开创过大事业的人，也给他提供了一些中肯的建议和投资关系。于是，Facebook先是在常春藤等名校，继之在大学、中学，最后在整个社会上取得了巨大的成功。

这成功看来是一个孤独者渴望友谊与爱情的产物。据说，马克交友网站始建的最初四天就有九百个哈佛学生注册，而那时他真正认识的人连四个都不到。Facebook成功之后，也似乎没有给创始者带来或恢复友谊与爱情，甚至原来的好友也反目成仇。在影片中，马克遭到了温克莱沃斯兄弟的起诉而赔偿了数千万元；他和爱德华多也掰了，最后也是通过不知其详的巨额赔款而私下和解；而肖恩"玩酷"的性格和兴趣看来也和他格格不入。他还是会想起他以前的女友，但女友看来并不会因为他的成功就回到他身边来。的确，成功给他带来了金钱，许多金钱，但他还是感到落寞。

成功后的落寞是更真实的落寞，或者说是更凸显的落寞。成功除了天才和机会，也还需要极其专注和投入，这也使他常常不能不从一开始就带有某种孤独和寂寞。而马克看来的确是这样一个能够集中投入的天才，他说："我想把重心放在我们在做的事情上，我觉得人很容易分心，被吸引到那些根本不重要的事或物上。（消除欲望）这四个字的意思就是消除对不太重要事情的欲望。"

Facebook等社交网络适应了人们的某种真实的需要，甚至在相当程度上改变了互联网的某些过去流行的特性，比如，由匿名、隐身到某种范围内的真名、显身；由虚拟乃至虚假的世界到比较真实的资料和世界；由似乎完全平等的自由散漫的流动到不那么平等的"物以类聚，人以群分"的留驻；由对技术或技术带来的物的强烈兴趣转移到对人的兴趣，或者说对技术帮我们带来的人的强烈兴趣等。社交网络可以极其快速地帮助我们了解到许多我们感兴趣的人的真实信息，方便地进行交往，包括利用"弱关系"的资源。

　　但是，种种方便快捷的社交网络在提供人际交往的广度的时候是否也能保障交往的深度？甚至这种广度还会不会有可能"稀释"人们之间的关系？影片中马克的境遇最后使我想起了一个冷笑话。一个人因为极度的忧郁症去看心理医生，医生百般化解无效，最后建议他去看看城里目前最轰动的喜剧明星的演出，病人苦笑，说："我就是那个喜剧明星。"

面向大众的追求卓越*

能夺得二〇一一年畅销书榜首的大概会是《史蒂夫·乔布斯传》了。据说它已经卖出一两百万册，乃至有人预计最后能销出五百万册。读了这本书，我有点吃惊，因为在一个相当崇尚平等的社会里看到了一个追求卓越的人，一个一生奋力追求卓越，甚至不惜以缩短生命为代价的人。许多精英对他会有"惺惺惜惺惺"之感，而他也同样为大众所欢迎。

人类有两种基本的冲动：一是追求平等，一是追求卓越。在传统社会，追求卓越的冲动似乎更占优势；在现代社会，追求平等的冲动看来更占上风。

一百八十年前，一个法国人托克维尔来到美国，后来写了一部经典名著《论美国的民主》，指出追求平等的潮流在欧洲和美国的汹涌澎湃，乃至成为现代社会的一个主要标志。他自然不会

---

*　此文根据 2011 年 11 月 18 日在国家大剧院《史蒂夫·乔布斯传》首发式上的讲演整理而成。

9

去反对这一潮流，但也表达了自己的忧虑：美国人会不会忘记人类的另外一种根深蒂固的愿望，那就是追求卓越，美国人在几百年后会不会越来越变成中不溜儿的人？

大概二十年前，一个在美国长大的日本裔学者弗朗西斯·福山也写了一本名著《历史的终结与最后的人》，人们在他所说的"历史的终结"的问题上争论不休，即是否民主和市场的模式将成为可见的未来最后的社会政治模式？但人们很少注意到他的书名的另一半"最后的人"，即这一模式是否意味着人类将不求创造和进取，舒舒服服、快快乐乐地走到自己的终点？

的确，我们在表演的、身体的领域总是不缺演艺明星，不缺体育偶像，但是在大脑的、智力的领域呢？美国的许多普通人——现在可能连带到全世界的许多人了——其实是很讨厌观念精英或者知识分子的，是有一点反智主义的。

然而，的确还是有一个智力创造的领域得到了大众欢呼，这就是在科技创新的领域。在这个领域中似乎还存有大众熟悉、仰慕以至迷恋的巨人，今天尤其令人瞩目和富有魅力的看来就是乔布斯了。

当然，乔布斯还不只是单纯的科技创新者，他还是卓越的组织者、推销者，是将高科技产品推向市场的人。他把科学与人文、技术与艺术、产品和市场结合到一个相当完美的程度。

我不是苹果的粉丝，但我的确对乔布斯这个人深感兴趣。

乔布斯不仅在这一科技创新的领域里把自我的追求卓越发挥到极致，实现了自我，还同时赢得了精英和大众。正像一个普通的北京老人所说："我完全不懂电脑，但是我现在能和我的小孙子高兴地一起玩电脑了，因为有了iPad。"

他无比的精英，相当的自我中心主义，但又无比的面向大众。他做的产品是要卖给尽可能多的人，但并不因此就不讲究品位，就不力求完美。他追求卓越就体现在追求面向大众的作品的朴素、单纯和完美。于是，人们愿意花更多的钱来购买他的产品。

他如此看待他的产品："不完美，毋宁无。"他也如此看待他自己的人生："不创造，毋宁死。"

二十世纪著名的英国哲学家维特根斯坦、美国的文学家海明威都表达过类似的心情：如果不能工作，甚至只是不能再从事创造性的工作，也许就还不如死去。在他们看来，人生的意义就在于不断地创造，不断地追求卓越。这就像维特根斯坦所理解的，天才是一种责任。

所以，这样一些人不太以自己的身体为意，甚至不太以自己的生命为意，对他们来说，最重要的不是自己活了多久，享受多少，而是做了多少，做得多好。

所以，他们常常没有活到自己的天年，早早地就死去了。但他们的一生是辉煌的一生。

乔布斯看来也是属于这样一种人。

他生下来就被亲生父母放弃，他似乎注定要自己去创造，要失去一个世界方能赢得另一个世界。他似乎早就意识到自己的寿命不会太久，所以几乎一直在紧张地工作。而最后患上致命的疾病，可能也是由于他太投入工作了。

他无比的专心致志，而无论疯狂还是偏执，实际都是一种紧盯自己目标而不管其他事情的专心致志。

他也的确有可以专心致志的条件。他即便身无分文，没有大学毕业文凭，也能够靠个人的创意争取到自由流动的资金来自己创业。他的公司看来也一直没有遇到多少政治上的麻烦或制度上的羁绊，他无须去打点官场，后来也是总统想来见他，而不是他想去见总统。尤其是在他所驰骋的电子产业，这个时代又正是年轻人"迅速打下天下"的好时候。中国大概不会没有像乔布斯这样性格和天赋的人，但考虑到外部条件和环境，我们的确可以提出这样的问题：中国能够出"乔布斯"吗？

乔布斯的确也不是独自取得他的成就的，他早年适时地遇到了甚至比他更强的技术天才，后来又不断地吸引和激励其他各种类型的人才，就像他所说的，一流的人喜欢和一流的人一起工作。他也并不是很好合作的人，但是，和他在一起还是激励了许多人取得了他们未曾预料的成就。他慧眼识人，包括现在这本《史蒂夫·乔布斯传》，是在他得知自己罹患癌症之后主动找到曾任CNN董事长和《时代》杂志总编的杰出传记作者沃尔特·艾萨克森来写的，而这本传记也的确是有关乔布斯的各种读物中最翔实可靠和好读的。

乔布斯终于走了，只活了五十六岁。他本来可以不这么早走的。他在走之前说过："我对上帝的信仰是一半对一半。"我们不知道他现在是否已经完全确证了他的信仰，而他在人间已经留下了长长的身影，留下了他强劲有力的公司和被亿万人追捧的产品。他的确成了一个因为他的疯狂而改变了世界的人。

一个无人追求卓越、追求创新的世界是一个没有希望的世界。但我的确也还是有一点个人的忧虑：这世界是否变得太快？一种追求卓越的精神，今天是否只能在追求物质的科技产品的尽善尽美和日新月异上表现得最为淋漓尽致？还有涉及我们自己的问题，像乔布斯这样的天才在他面向大众的产品中的确实现了自己对卓越的追求，但作为受众的我们自身是否也因此变得卓越了呢？

所以，我还想推荐另外一些对高科技有所反省的书，比如像尼古拉斯·卡尔所著的《浅薄：互联网如何塑造了我们的大脑》（副标题中的"塑造"原译为"毒化"，似觉贬义过重，根据原文改译为"塑造"）。作者指出像谷歌这样强大的互联网搜索引擎在给我们带来无比的方便快捷的同时，却也可能削弱我们的专注力和创造力，并因此提出了这样一个尖锐的问题："谷歌会把我们变傻吗？"而我们对苹果等高科技产品似也可以同样如此提问，以便在大量赞美和追捧的同时，也保留一种独立的自我反省和思考能力。

趣味横生的时光

我最近去清华看望因摔伤骨折住院的何兆武先生。房间干干净净，老先生笑眯眯的，洁白的床上放着一本他正在看的、英国左翼史学家艾瑞克·霍布斯鲍姆的自传《趣味横生的时光：我的20世纪人生》。回来我也赶紧买了这本书，一读果然"趣味横生"。

但正如译者周全所指出的，书的原名"interesting times"（直译"有趣的时光"）其实是一句反话。所以，他加了一个"横生枝节"的"横生"，并在"译后记"中解释说，它来自这样一句据说是译自中文的看似祝词、实为咒语的话："May you live in interesting times!"（直译是"愿你活在有趣的时光！"），然而"无人知晓典出何处"。

我从网上查阅了一些资料。据说它是出自Robert F. Kennedy翻译的冯梦龙《醒世恒言》第三卷《卖油郎独占花魁》一篇中这样一段话最后一句的英译："却说莘善领着浑家阮氏，和十二岁的女儿，同一般逃难的，背着包裹，结队而走。忙忙如丧家之犬，急急如漏网之鱼。担渴担饥担劳苦，此行谁是家乡？叫天叫地叫祖宗，惟愿不逢鞑虏！正是：宁为太平犬，莫作乱离人！"同书第十九卷还有："〔程万里〕每日间见元兵所过，残灭如秋风扫叶，心中暗暗悲痛，正是：宁为太平犬，莫作离乱人！"

我没有找到这本译著。如果说"May you live in interesting times!"就是"宁为太平犬，莫作乱离人！"这句话的意译，两者之间的确还是有一些距离（这句常见的中国谚语也被英文直译为"It's better to be a dog in a peaceful time than be a man in a chaotic period!"）。在中文里面，这句话并没有诅咒他人的意思，而只是感叹自己的身世或者这个乱世，或还以"宁为……莫作……"的句式表达了普通中国人对于和平与安宁的一种极其强烈的愿望。

这句话在英语世界中的独立使用，最早从文献上有据可查的是二十世纪三十年代晚期的英国外交大臣奥斯汀·张伯伦（首相张伯伦的兄弟），而据他说又是来自英国的驻华大使许阁森所言。而且，他说："的确，再没有什么时代比我们现在这个时代更令人恐惧和缺乏保障。"

这一"来自中国"的咒语据说还只是第一句，后面还有两句是：

May you come to the attention of those in authority (or government)!（愿你得到贵人或政府的关照！）

May you find what you are looking for!（愿你心想事成！）

但说这三句话作为"咒语"是"来自中国",并没有可靠的证据。所以,有人认为,它们其实不是来自中国,始作者可能只是为了给它们增加一种神秘的意味而故意说成是"来自中国"。

　　此且搁置不论,另一个问题是,说"咒语"或许也太沉重,或还不如说这是一种黑色幽默,一种反讽或讥刺。不管怎样,这三句话,还是包含了一种生活的智慧,甚至可以说也包含了一种独特的对于二十世纪的感受和反省:人们多么想活在一个快乐有趣的年代,结果却活在了一个最无趣的,甚至连基本生存也没有保障的时代;人们多么想有特别看顾自己的政府或者贵人、甚或救星,结果却发现他们反而是灾难;人们多么想得到自己热烈寻找和追求的东西,比如说想寻求一个"人间的天堂",可当得到它的时候,或者当它被宣称实现(或正在实现它的路上)的时候,却发现完全不是这样一回事。这就像霍布斯鲍姆的另一本描述从一九一四年到一九九一年这一"短的二十世纪"的书《极端的年代》所引梅纽因的一句话:"它为人类兴起了所能想象的最大希望,但是同时却也摧毁了所有的幻想与理想。"

　　总之,不管是不是"咒语",无论是在对上述中国典籍的译文中,还是在二十世纪三十年代晚期英国外交官所使用的语境中,以及霍布斯鲍姆用在其自传书名中的意思,"interesting times"显然并不是指真的"快乐有趣的时光",而是指"乱世""噩运"。说出这句话其实带有一种相当沉痛的意味,暗示着事实上生活的时代其实是一个"乱世"、一个兵荒马乱的时代、一个大劫难的时代。在这样一个时代里,一个人随时可能遭遇不测,随时可能横死——或者遭受暴力而死,或者饥馁而死,在现代则还有受迫害而死,被批斗而死等等。

然而，这样一个时代虽然有其种种灾难与不幸，却也留下了许多（或许比其他时代还更多）可歌可泣、闪闪发光的人物和事件，同时也还有一些"旁观之清"和"后见之明"。生在一九一七年的霍布斯鲍姆的以上两部著作或就是这样的一种"后见之明"。而生在一九二一年的何兆武先生的回忆录《上学记》也同样是这样一种"后见之明"，这本书也让人读来津津有味而一纸风行。这两位作者虽然并不是时代的弄潮儿，像何先生尤其不是，他们并没有处在风暴或事件的中心，但作为富有思想的史学家，作为时代亲历的观察者，却为我们提供了过去时光的一些宝贵的个人记录。

在回忆中生活与创造

二十世纪是暴风骤雨的年代。这先是发生在欧洲，第一次世界大战主要是欧洲的战争，而法国又首当其冲，每次都要绞杀英、法、德几十万年轻人的几次大战役都是发生在法国。

时局是紧张动荡的，但也有一个法国人似乎与之完全无关，他因为严重的哮喘只能生活在自家的密室里。他的生活习惯和一般人也是颠倒的。他每天晚上开始写作，每天清晨来临的时候开始入眠，并总担心在下一个晚上到来之前自己就可能死去，但他还是写完了，前后费时十多年，最终完成了一部多卷本的、总共近三百万字的巨著。

这个人就是普鲁斯特，他生于普法战争结束后巴黎公社浴血的那一年（一八七一），在经过了第一次世界大战之后死去（一九二二）。但是，在他的这部主要作品中，你似乎看不到多少风云际会的"时代"，当然，里面还是有星星点点的"时光"，甚至他的书名就是用《追忆逝水年华》（直译是"寻求失去的时间"）。那是他个人的年华，是他自己的时光。这"时光"对他来说，并不比"时代"对他次要。就像卡夫卡在第一次世界大战爆发的当天，日记里只是写了寥寥的几个字："德国对俄国宣战。下午游泳。"前者是时代的重大事件，后者只是他自己的事情。卡夫卡也是保持着自己的生活节律。而奥登却说卡夫卡和他的时代的关系，就跟但丁、莎士比亚、歌德和他们的时代的关系一样。

《追忆逝水年华》里也会写到一点时局、战争，但主要还是对个人生活的回忆，尤其是对自己青春年华的回忆。不过，他的作品是否流行，看来还是多少有点依赖于时代的因素。第一卷《在斯万家那边》在大战前夕出版，乏人问津。第二卷《在少女们身旁》在大战后出版，终于引起了关注并获得龚古尔奖。

普鲁斯特认为人的真正的生命是"回忆中的生活"，或者说，人的生活只在回忆中方形成"真实的生活"。但这也许是因为他在回忆中有创造。因此，他使过去的生活在自己回忆中的"第二次发生"比"第一次发生"似乎还呈现得更为真实。回忆也使他更真切地感到那活泼的生命。

回忆中的生活是再次的生活，是重新经历的生活。"从没有被回忆过的生活"是不是都有些遗憾？过去的生活不再被回忆，有时可能是因为死亡的打断，或者主人翁的更换——比如移情别恋了的昔日爱情，会像枯萎了的花朵不再有人照管。还有些人是"行动的伟人"，他们建功立业，只是往前走，他们不必自己回忆，而是任由后人去回忆和评说。然而，至少对于"观念的人"来说，回忆看来必不可少。不过，历史学家回忆的多是他人和前人，文学家回忆的则多是自己、是今人。而按哲学家柏拉图的说法，学习其实也是回忆，回忆是在我们各人出生以前心中或灵魂中就本有的东西。

不过，无论我们心里曾经有怎样的天赋，要回忆还必须有可供回忆的后天材料，哪怕这些材料只是作为触媒。而普鲁斯特是不缺这些材料的，他出身于富有的家庭，父亲是有名的学者，上过法国最好的学校，家里经常是高朋满座，自己也一度交游甚广。但后来由于严重的疾病，他越来越不能见人了，而创作的时间也已经到来，创造的条件也已具备。他也愿意开始过一种与世隔绝的生活。他说："现在我觉得这种生活值得一过，因为我觉得有可能阐明它，阐明这种我们在黑暗中看到的、不断遭到歪曲的生活，还它真实的本来面目。"与世隔绝，或至少与这个喧嚣的世界和他人保持某种距离，也正是为了能更深入一步地关心他人，因为"这种事与他们在一起是做不成的"。

时空是我们的存在方式，而时间似乎比空间更有"灵性"。肉体帮我们占住空间，而意识助我们感受时间。但时间注定是要流逝（也就是"流失"）的，我们在时间中获得我们的生命及对生命的自我意识，但我们同时也在不断"失去"。于是人不能不又试图抵抗时间，抵抗遗忘——先是抵抗自身的遗忘，然后是抵抗他人对自身的遗忘。

普鲁斯特的这部巨著终于抓住了一些逝去的时光，虽然也不是永远抓住。就像作者在这本书的一个注里写到的："像我的肉身一样，我的著作最终有一天会死去。然而，对待死亡唯有逆来顺受。我们愿意接受这样的想法，我们自己十年后与世长辞，我们的作品百年后寿终正寝。万寿无疆对人和对作品都是不可能的。"

而这可能就是严酷的生活法则，也是艺术法则。普鲁斯特引维克多·雨果的话"青草应该生长，孩子们必须死去"之后接着说："我们自己也在吃尽千辛万苦中死去，以便让青草生长，茂密的青草般的多产作品不是产生于遗忘，而是产生于永恒的生命，一代又一代的人们踏着青草，毫不顾忌长眠于青草下的人们，欢快地前来用他们的'草地上的午餐'。"

　　也许，如果没有一个永恒的记忆者的话，人类抓住记忆的任何努力最终将仍然是徒劳的，但我们还是需要尝试。这不仅是因为对一些人来说，舍此就没有他们认为自己最值得做也最擅长做的事情，还因为回忆通过重现和阐明而再次赋予我们已经消逝的生活以一种新的生命和意义。

在一个功利滔滔的世界如何生活得有意义？

——《生命，如何作答？》序

彼得·辛格（Peter Singer）是一个不需要多作介绍的学者，作为一个"动物解放"的首倡者和动物权利运动的积极推动者，他的影响早已超越了学界。其《动物的解放》（Animal Liberation）一书，被视作动物权利保护运动的开创性经典。其《实用伦理学》（Practical Ethics）一书，也常被用作应用伦理学的教材。他在澳大利亚与美国等地的大学辗转任教，一九九九年成为普林斯顿大学生物伦理学的讲座教授。

《生命，如何作答？——利己年代的伦理》（How are We to live?—Ehics in an Age of Self-interest，直译书名是《我们该如何生活？》，在此是采用中国台湾周家麒译本的译法）不是辛格最著名的书，但却抓住了一个特别有意义的问题：在一个利己主义的时代，我们能否以及如何过一种伦理的生活？辛格的答案是：我们能够过一种合乎伦理的生活。所谓伦理的生活，就是以一个特定的方法，对"我该如何生活"做自省，并依照自省的结论过生活。那些选择过伦理生活的人，对世界造成了有益的影响，同时也为自己的生命创造出过去未曾察觉的意义。他们会发现自己的生命变得比做这个抉择之前更丰富、更充实，也更热情洋溢。这种伦理的生活就使他们成为一个更伟大的跨文化传统的一部分。人们会发现，过伦理的生活并不是自我牺牲，而是自我实现。

辛格的事实判断显然是认为我们这个时代是一个利己、自利甚至自私的年代。但伦理的任务不在于适应这个时代，或者张扬这个时代的主流价值观。这种价值观一是追求功利，尤其是经济和物质利益，一是对这种物质利益的追求还主要是对自己、自我利益而非他人或社会普遍利益的追求。辛格的伦理价值判断认为人应当也应该关注精神生活，关注他人与社会。不过，他的最终理据看来还是较倾向于目的论或结果论的，或更具体地说，是一种功利主义与自我实现论的结合。而且，他希望建立一种在宗教之外，甚至对政治也保持某种距离的比较独立和单纯的伦理学。尽管他也诉诸"可普遍化原理"，他还是想不仅超越耶稣，也超越康德的伦理学。他的伦理学的核心观念不是集中于行为及其规范，而是生活价值与理想。他的确比较乐观，寻求一种全社会的比较彻底和激进的道德变革，并且相信能够把这样一个自利的社会改造过来。

他提倡一种一方面不和一种特定的宗教，甚至完全不和宗教相联系，另一方面也和政治保持距离的伦理，这的确为更多的人提供了一种道德可能，为达成更广泛的伦理共识提供了条件，但如果恼人的政治制度还横亘在前呢？而去掉宗教，是否也将失去特定道德传统中一个最重要的动力和权威？辛格似乎过分强调个人生活，而且是世俗生活。这在一个基本制度打点得较好、总的宗教信仰气氛传统上相当浓厚而不同教派和教义分歧又较甚的社会是可以理解的。但是，如果不是这样一个社会，人们则可能还会更优先地关注制度伦理、政治伦理，同时也有一些人更重视呼唤精神信仰和呼吸精神的空气。

辛格批评康德所持的人让自然的生理欲望服膺于普遍的理性才具有道德性的观点，也不赞成弗洛伊德所说人的生活是由"本我"和"超我"之间的冲突所构成的观点。他说："我们想当然地认为，遵循伦理的生活一定是一件不舒服、自我牺牲，却往往没有报酬的苦差事。"由此他表现得似乎倾向于开始一种功利主义，甚至快乐主义的劝人行善的教导。但我怀疑这种劝导没有充分认识到道德与利益冲突的一面，或者将化解这种冲突看得太容易。在这个问题上，倒有可能是康德更对，他对人性的认识也更透彻。对多数人来说，不仅把追求精神和服从理性作为更高的价值目标是一件苦事，甚至仅仅遵循规范也经常需要大大加强道德理性和意志来约束物欲与自利。

许多人直接认为自我逐利是最大的快乐，而辛格等一些道德家则希望劝导他们转认节欲利他为最大的快乐或利益、幸福。但这一劝导可能说服不了多数人，而且容易将道德的根基混同于开明的自利。在道德上走向现代的功利主义可能是肤浅或者说不必要的，走向古代的快乐主义就可能更加肤浅和不必要。当然，这种道德观和立场对多数人可能比较有效，但是，对恰恰是最有可能过辛格希望的那种生活的少数人呢？这少数人可能会不满足，乃至很不安于辛格主张的这种结合功利和自我实现的道德（这种自我实现依然可以被解释为一种"自利"），而恰恰是这少数人最有可能构成社会道德的先驱或者说精华。不仅是功利主义或快乐主义，甚至整个目的论的立场都可能不足以提供对所有人而言的根本的和坚强的道德理据。

换言之，要真正抵御或节制社会的功利滔滔，还不能仅仅以"利"抗"利"，即以一种开明的自我利益或者社会利益抗衡无止境的自利追求，最根本的可能还是要以"义"抗"利"。承认还有一种比"利"更优先的东西，或者说独立于"利"的东西，这就是我们应当视作具有一种客观普遍性的道德原则、道德义务。的确，要所有人甚至多数人都放弃"利"的主要价值目标可能是不容易的，但是，要求所有人不管追求功利还是别的什么东西，都应当遵循某些基本的道德行为规范，承担必要的道德义务，这是很有可能办到的。

然而，即便如此，我们还是可能会有忧伤和遗憾，即虽然人们"求之有道"，但还是连"君子"也"爱财"——在生活的价值追求方面，社会可能还是"功利滔滔"。就像辛格所说的，主导社会主流的政治与经济模式允许（其实是鼓励）公民以追逐个人利益（一般的意义下指物质财富）为人生的首要目标。传统社会其实常常是通过等级架构和少数统治来防止一个物欲横流的社会的，即借助社会政治结构来将更重精神的少数人的价值观念作为这个社会的主导价值。但这在现代社会是不太可能了，它也有违于已经进入我们的道德信念的平等和自主的原则。那么，面对一个功利滔滔的世界，那些更重精神生活的人们将何以自处？

这可能不是对所有人，而只是对某些人提出的问题。因为，许多人可能正愿意做这样一个世界的弄潮儿和收获者。但还是有一些不安于、不屑于或者不满足于功利目标的人,他们还有更高的精神追求,他们愿过另一种不是完全以物质利益为中心的生活。他们能怎么办?他们大概不应,也办不到将所有人的价值追求都统一到自己的观念上来,更不宜以强行的手段来这样做。而他们自己其实也是需要一些基本的功利的,即便过清贫生活的隐士,也需要一些基本的物质生活资料。虽然人的必需品其实本来就比人们预期的要少,尤其比现代人预期要少。更进一步的话,他们也还需要过一种像样的物质生活。甚至也不排除一些人先通过功利的成就来证明自己的能力,通过首先"获取"来保证随后的"放弃"。这样一些人先是取得了世人眼中的成功,后来才是取得了上帝眼中的"成功"。前一种成功不易,后一种"成功"或许更难,但却是在一念之间。而这样一些生活的示范和感染效应,就有可能淡化社会的功利和物欲。

辛格的伦理学观点和我的观点并不完全一样,他所处的西方社会与中国社会的环境也相当不同,于是会有强调重点和理论立足点的差异,但在向善的精神上,在希望这个社会摆脱过分的功利上,我们是完全一致的。辛格这本书引用了许多思想家的观点,也分析了不少现实生活中的生动个案,尤其是其中体现的反省我们生活的精神,将使我们获益良多。故而我愿大力推荐这本作者用生命用心作答的书,因为它是在热烈而又思索不断地告诉我们,要做一个好人而非仅仅满足于富足的生活,这"好人"的意思就是我们每个人也要能够在适当的时候走出自我的藩篱,并且不沉湎于功利。而我们能够认真这样做的话,不管最后我们能在这条向上的路上走多远，都无疑能使我们的生命比以前"更丰富、更充实，也更热情洋溢"，从而赋以我们的生活一种更深刻的意义。

追求光明，理解黑暗
——《光明之子与黑暗之子》序

　　莱茵霍尔德·尼布尔是少有的几个我不仅在思想上感觉亲近，也愿意接受他们的不少观点的哲学家。这样的哲学家往往是能够把握到两端，且将这两端伸展得相当深远，同时又还是没有偏激或偏斜，而仍然在两极中达到了某种平衡的哲学家。我曾为尼布尔的另一本书《道德的人与不道德的社会》（*Moral Man and Immoral Society*）写过一篇评论，我赞赏他思想的犀利、冷静、客观，而又仍然不失孜孜向善。在《光明之子与黑暗之子》（*The Children of Light and The Children of Darkness*）这本书中，尼布尔也是如此。

　　这一次他是围绕着一些时代的紧迫问题，诸如个体与共同体、共同体与财产、民主的宽容与共同体中的群体、世界共同体等展开讨论，但最深的根基还是人性的难题。尼布尔自陈该书的中心论点是：对于人性，我们既不宜过于悲观，也不宜过于乐观，说只有这种态度才能让自由民主社会正常地发展。而政治上的多愁善感以及过于单纯乐观的理想主义的一端，和道德上的愤世嫉俗以及悲观主义、犬儒主义的另一端，都容易鼓励或难于防范极权政体的产生。

这本书是根据尼布尔一九四四年在斯坦福大学的一系列讲演编成的。当时正是法西斯极权主义盛极转衰的时候。尼布尔反对在人性问题上的盲目的乐观主义和绝望的悲观主义，但是，当我们说在两极中把握中道的时候，也并不是说在什么时候都是"居中"，而是根据具体情况和不同，有时候会更注意反对其中的一个极端。而在尼布尔的这本书里，看来他更注意反对的是一种盲目的乐观主义，是"资产阶级和无产阶级的理想家们所表现出来的一种过度信心"。他认为，古典放任自由主义理论与马克思主义所设想的国家消亡的太平盛世这两种乐观主义之间的相似之处，具有重要的意义，而不论其表面的差异有多大。

这种"过度信心"和乐观主义的态度可能是从十九世纪传过来的，甚至更早，是从近代早期的世俗化就开始了的。在尼布尔看来，现代文明是伴随无限的乐观主义这一大浪而到来的。现代世俗主义的各种流派都否定了基督教的原罪说。因此，也就自然而然地出现了"如此众多极为愚蠢而徒劳的计划，妄想一劳永逸地解决自我与共同体、国家与国际共同体之间的冲突"。

尼布尔在此书中阐述了一个重要概念，正如其书名所示，他借用《圣经》中的一句话来区分这样两种人：一种是那些不承认在自己的意志和利益之外还存在着任何更高或更普遍的规律和约束的人，尼布尔称这种人为"此世之子"或"黑暗之子"；而那些认为自我利益应当受到更高，也是更普遍的普世规律制约的人，他把他们称为"光明之子"。

追求光明自然是好的。但现在有一个严重的问题，就是"光明之子"虽然善良，但却似乎没有"黑暗之子"那样聪明或明智。这就像《路加福音》"16：8"中所说的，"今世之子，在世事上，较比光明之子，更加聪明"。"光明之子"在和一个正在到来的平等时代的人打交道的时候，却表现得相当笨拙，他们不能够像"黑暗之子"那样运动和争取群众，他们对自己的对手不太清楚，对群众不太清楚，对人性中的阴暗面也不太清楚，结果抵抗不力甚至放弃抵抗，终于就酿成了二十世纪像两次世界大战和极权主义猖獗那样的大灾难。

在尼布尔看来，现代文明不是由"黑暗之子"创造的，而是由那些有点犯傻的"光明之子"创造的。但如果不能清醒地理解黑暗，应对黑暗，文明的成果还是有可能毁于一旦。尼布尔反对的并不是"光明之子"们不够善良，而是他们不够明智，他们对人性的弱点和文明的脆弱性认识不够，结果，当他们过于乐观地奔赴他们理想的时候，企望着世界大同或自由民主理想的时候，就反而被"黑暗之子"们钻了空子。

尼布尔认为，"黑暗之子"们之所以邪恶，是因为他们除了自我之外别无所知。但他们尽管邪恶，却足够明智，因为他们懂得自我利益的力量。"光明之子"之所以高尚，是因为他们能够理解比他们自己的意志更高的规律。而他们之所以往往犯傻，是因为他们不明白自我意志的力量。所以，"光明之子"必须有"黑暗之子"的明智的武装，但同时又要不受其邪恶的侵扰。他们必须明白自我利益在人类社会中的力量，但却不为其进行道德的辩护。他们必须拥有这种智慧，以便能够为了共同体的利益，引导、调停和控制个体或集体的自我利益。

的确，我们应当向往并努力追求光明。追求光明必是因为相信一定有光明，一定存在着高于自我——不管这自我是表现于个体还是群体——的意志和利益的普遍价值和规范。向往光明的人深信，就像尼布尔所说的，每一个社会都需要有普遍可行的正义原则，这些正义原则其实在为法和约束体系提供准则。这些原则中最为深刻的那些，实际上超越了理性，并植根于对于存在意义之宗教性的感知之中。他们相信存在着某些更为永恒、更为纯粹的正义原则，而民主和自由社会的倡导者所面临的一个问题是，是否应当让一个社会的自由扩大到使人怀疑这些原则的地步。

但除了追求光明，我们还应当理解黑暗。不过，理解黑暗并不是一味宽容。在最高或最后处是有一种悲悯和宽容的，但那应该是在斗争之后，甚至必须是在取胜之后。而"光明之子"们首先要学会同"黑暗之子"一样善于斗争。二十世纪发生的有些大灾难正是因为"光明之子"们太天真而在与"黑暗之子"的斗争中暂时失败了。而我们看到有一些"黑暗之子"是多么敢于斗争，又善于斗争。他们把各种政策和策略运用得多么老到，多么擅长蛊惑、笼络和胁迫群众。他们对人性的道德弱点非常清楚，而且善于利用这些人性上的道德弱点——因为他们自己就是浸在其中的。

所以，善良的人们也要学会斗争，也要懂得策略，要知道团结绝大多数，要知道不对人们提出不切实际的理想和要求，还要学会揭示对方打出的"光明"的幌子。因为，"黑暗之子"决不会承认自己属于黑暗，他们甚至会说自己是唯一的"光明"或"光明之路"。所以，我们还有必要分辨真的"光明之子"和假的"光明之子"，甚至要注意有些假的"光明之子"，正是因为对权力的觊觎和腐蚀而由真的"光明之子"蜕变而来的。的确，尼布尔也注意到了这一点，他说，纳粹妄想在一个作为主人的民族的主宰下统一整个世界，他们差一点成功证明，历史上普世性的力量是多么容易被盗用，多么容易由于自私自利的目标而被腐蚀。

"光明之子"容易是理想主义者，但他们同时也应该是一个现实主义者。即便他们在斗争中会有失利——因为敌人有可能无所不为，而"光明之子"们却必须考虑对自己使用的手段的道德约束。毕竟"光明之子"是站在真正的"光明"一边，这又是对方所没有的最大优势，所以，"光明之子"们往往能够取得最后的胜利。

尼布尔谈到民主。他认为民主的生活要求一种个体与群体之间宽容合作的精神，而这是道德的犬儒主义者和道德的理想主义者都无法实现的。前者除了他们自己的利益，不再知道别的规律，后者虽则意识到了规律的存在，却没有意识到腐败的作用。

然而，最困难的还是如何在国际关系的"丛林状态"中寻求中道，以及我们能够对整个人类期望一种什么样的共同体。或如尼布尔所说，如何克服国家之间的混乱状况，把与共同体休戚相关的原则推广到整个世界范围内呢？这成为我们这个时代所面临的问题中最为紧迫的一个。

在尼布尔看来，"光明之子"们过于乐观地相信，内在于道德律令之普世性特征之中，和内在于技术文明所带来的全球性的相互依赖性之中的逻辑，将自然地、不可避免地使人类的政治制度就范，使之吻合于普世原则。但他们都低估了人类历史中具体的、有限的生命力的力量。他们不明白，国家的自负是多么的顽固，多么的有力，也不能够理解，传统的忠诚有多么大的惯性力量。维护一个共同体的力量，要么来自其生活深处同心同德的内聚力，要么来自外在强权的强制力，但国际共同体却缺少像民族共同体那样的内聚力，它就不能不在开始主要通过外在的强制力来获得其最初的统一性，但这种使用强制性外力的程度有可能超出正义之必要性的许可。还有就是内聚力的因素是否能在这种外在强制的条件下不断萌芽和生长。尼布尔预期，在未来相当长一段时间内，国际共同体不会拥有多少具有内聚力的元素，也不会从建立在共同体的文化和传统之上的统一性中受益。它将仅仅拥有两种最低限度的凝聚力，其道德理想中蕴含的普世之声和对于无政府状态的普遍恐惧。所以，真正有生命力的共同体会比普世性的共同体小得多，这似乎已经成了历史的一个不变的原则，而普世性的共同体往往只存在于相互义务之谨严的分析之中。

尼布尔当然主要是立足于美国来讨论这些问题。他分析了美国为什么单纯的理想主义者比较盛行。在国家政治理论方面，在美国出现了如此多的纯粹的立宪主义者，这部分是因为，美国的历史鼓励了这样一种错误的认识：美国纯粹是制宪的结果，而不明白制宪是独立战争的结果，于是，他们就想当然地认为这一制宪过程可以无限地推广，直到世界政府最终形成。他们不明白是某种具体的、有限的、独特的历史生命力创造了共同体最初的根基及其政府的最初权威。而从一个具体的共同体到一个普世的共同体的转变，是极为艰难的一步。

时光已经过去了六十多年，世界的形势已经大变。但一些基本的理念可以说还是不会受这些形势的影响。尼布尔的思想实际也已潜移默化地影响了美国政治。有意思的是，美国前总统奥巴马曾在任前二〇〇七年的一次访谈中说他崇拜尼布尔，"他是我最尊敬的哲学家之一"。他说他从尼布尔那里学到的、最难忘记的一个观点是："这个世界上存在着严重的恶，还有艰难、痛苦。当我们坚信我们能够消除这些现象时，我们应当保持谦卑和虚心。但是，我们又不应当让这成为犬儒主义和无所作为的借口。……不要在幼稚的理想主义和愤世嫉俗的现实主义之间摇摆不定。"奥巴马试图在健全的理想主义者和清醒的现实主义者之间达到一个平衡。

　　尼布尔也谈到了中国，他认为，在古代中国，从孔子思想中发出来的微弱的普世主义之声，在孟子等人的思想中得到了发扬，而在老子充满神秘气息的普世主义中，更有一种超越的精神。一九四四年，他还觉得中国只是一个"潜在的而非现实的大国"，但十五年后，他认为中国已经是一个"实实在在的大国"了。他不一定预料得到中国在二十世纪末开始的经济起飞，但以下一段话就像是对中国的善意提醒："文明的大国足够算得上是光明之子，会抑制住以残暴的手段统一世界的尝试。但每一个大国有了足够的力量，都可能会情不自禁地受到这样一种愿望的诱惑：它可以确保自身的安全而不必过于在意其他国家的安全，因而也就不必遵守对于所有国家之共同利益的承诺。"

以俄为镜看心史

金雁的新书《倒转"红轮"：俄国知识分子的心路回溯》的主旨是要追溯那导致在二十世纪的主干不仅统治了俄国，也深刻地影响到世界——尤其深刻影响到中国——的"红轮"是怎样成型以及为何能以压倒一切的气势碾压过来的原因。但这自然不是全面的追溯，而主要是从知识分子的角度，从观念、思想和精神的层面来追溯，看俄国的知识分子在其中起了什么作用，他们是怎样分化和反省的，这种观念的原因到底占何种位置，根本的原因又是什么，等等。

全书的结构也是"倒叙"的写法，我们可以将其分成三个部分。第一部分主要是分析二十世纪，或者说最近的一百来年。作者选取了三个主要的知识分子代表人物和群体。第一个是早年参加卫国战争，后来被打入劳改营，复出之后又被驱逐，流亡多年，晚年终于回到祖国的著名作家索尔仁尼琴。第二个是出身贫寒，但在沙皇时期就获得文学盛名，后来对列宁发动的革命做过

"不合时宜"的批评，但在晚年则成为斯大林的"第一红色文豪"的高尔基。第三个则是更早的在一九〇九年出版的《路标文集》所代表的那个对一九〇五年革命以及此前俄国的一系列社会和思想变化过程进行自我反省的知识分子群体。

第二部分主要是讲十九世纪，作者在这里有一个有趣的新颖划分，即将俄罗斯知识分子分为三种：一种是主要出身贵族的"狐狸"型知识分子，他们多倾向于温和、包容的自由主义改革；一种是主要出身僧侣阶层的所谓"平民知识分子"，他们大多倾向于激进的民主主义革命。如果说"刺猬"和"狐狸"这两种知识分子还是我们比较熟悉的类型，因为伯林在《俄国思想家》里就曾经有过这样一种划分（虽然他并没有将这两种思想类型与两个社会阶层如此明确地联系起来），那么，作者还区分出十月革命前俄罗斯的"第三种知识分子"，即"工蜂"型的知识分子。这一种知识分子是过去人们常常忽视的，因为他们所重视和致力的不是轰轰烈烈的活动，或者才华横溢的创作，而是"做小事""干实事"，试图渐进地、自下而上地建设一个公民社会。其实他们后来形成了很大的力量，具有很大的影响，尤其在地方自治方面取得了很大的成绩，到"一战"时期，甚至俨然成了另一个真正的"政府"。当然，在后来"战争引起革命"的风暴面前，他们很快黯然失色，而且"说没有了，也就没有了"，许多人甚至遭到了人身消灭。

以上三种划分自然不是绝对的，作为最具个性和分化可能的知识分子，可以说每个人本身的思想与个性都是相当复杂的，他们和自己的社会出身的联系也相当复杂。比方说，十九世纪最重要的两个作家陀思妥耶夫斯基与托尔斯泰究竟属于哪种类型，就还需要仔细分析。但是，这一划分还是能给我们许多启发。另外，我很赞赏作者在即便是主要探讨知识分子和精神观念的历史时，仍对社会结构和人们的社会出身与生活环境保留一种密切的注意，比如她分析到僧侣阶层的知识分子，一方面普遍受到良好的教育，另一方面又有在社会上没有良好的职业前景而带来的"愤青情绪"，这使他们较容易走上激进之路。不过，我更注意的还是该书所揭示和强调的俄罗斯知识分子的宗教信仰和精神渴求方面。这也就涉及该书的第三部分，即作者对十九世纪以前俄罗斯宗教中的"分裂运动"的追溯，这在某种意义上也是回溯知识分子的早期史。

　　读了这本书，将这一对俄罗斯知识分子的分析追溯与中国知识分子的近代历程做一对照是很自然的，甚至可以说这也是作者一个深深的问题意识。如果接上"士大夫"的历史文化传统，中国知识分子的历史也是源远流长，甚至其性质更为单纯——更集中于"文化知识"，其在历史上的地位和作用也更为突出。虽然二十世纪的俄苏知识分子也是命运多舛，而且，对最后碾碎他们的那一雷霆万钧的巨型"利维坦"，他们中的不少人其实还曾参与了"打造"，但命运与俄罗斯同行相似的近现代中国知识分子，很难说就表现出了比俄罗斯知识分子更强的"风骨"，或者说对世界做出了更大的思想和艺术贡献，相反，可以看到，在独立性和坚持性方面，我们可能还大大不如。这方面的原因可能主要有二：一是中国的知识分子的确没有像俄罗斯知识分子那样不少是出身货真价实、法律认可的贵族（而且这贵族还往往是军功贵族，有尚武而非仅仅是习文的传统），尤其在科举制废除以后，更缺乏独立自主和优裕的社会与经济地位；二是中国的知识分子没有像俄罗斯知识分子那样，具有某种深刻的宗教精神信仰的特质。

　　我这里主要想谈谈第二个方面。我想,一个知识分子如果对超越的存在有一种执着的精神信仰,甚至只是有一种精神的渴求或者敏感,他就较有可能不会被世俗的权力或者大众的压力(不幸的是,在二十世纪,由于一种精巧的动员技术,权力和大众这两者还经常结合在一起)完全压倒,因为他心里还有一个超越的存在,他相信还有一种永恒的评价,他就不会太功利,不会太计较外在的成败、太注意外界的舆论而仍然在巨大的压力下坚持自己的观点,也在孤独清冷中坚持自己的工作。这方面一个现成的例子是索尔仁尼琴,他在国外流亡二十年间,几乎完全是避居一隅,坚持写作他的巨著《红轮》等作品。这是一个令人惊叹的工作。《红轮》可能是有史以来篇幅最长的长篇小说,它一共有二十卷,每卷二至四部,每部四十万至七十万字,总字数应有数千万之多。作者从一九一四年八月俄国参加第一次世界大战写起,一直写到一九四五年"二战"结束为止,深入全面地反映了俄苏这一段波澜壮阔的历史。看来即便是出于对这样一个作者的敬意,我们也有理由试着去一读这部小说。

　　也正因为有这样一种宗教信仰,以及这种信仰所携带或支持的悲悯的人道主义传统,所以,即便在"红轮"碾过的最压抑时代,不仅始终有像帕斯捷尔纳克、索尔仁尼琴这样一旦释放就将奔涌的文学潜流,有写出像《一个人的遭遇》这样充满同情心的作品的肖洛霍夫这样的犹疑者或摇摆者——高尔基也曾一度犹疑,而他也有过"寻神"的阶段,甚至在那些完全被视为官方的"桂冠作家"乃至"死硬派"的作家如柯切托夫那里,也还是能见到有人道主义的痕迹和审美的感情。

相比于处在"西方的东方"的俄罗斯，处在更东方的中国有过更厉害的"红轮"。在开始"建党伟业"和"建国大业"的一段时间里，我们都曾像小学生一样"以俄为师"，那么，现在我们或许可以"以俄为镜"，观察近代俄苏知识分子的心灵激越和反思过程，也反观近代中国知识分子的心路历程。我们对自己的心灵史的确需要比此前更深度的反省。但我也认为我们并不需要自卑，不需要自惭形秽。我们还是可以或应当有隐忍的坚强和生长的自信。近代中国知识分子的答卷的确不是很好，但这也是因为遇到了个人相当难于抗衡的"极端的年代"或者说"乱世"。今天中国的知识分子需要努力获得有助于自己独立的经济基础，但更重要的还是一种具有精神深度的自我反省与追求。

《倒转"红轮"：俄国知识分子的心路回溯》对激进主义有一种深刻的反省。我们今天也重新面临一个如何对待我们自己的"激进主义"的问题，虽然这种"激进主义"现在主要是作为一种变化了的结果出现，而维护者的观点表现得倒更像是一种政治保守主义。我们虽然要对此保持警惕，但可能也还是不宜以激进主义来反对激进主义，以破坏对破坏，以打碎对打碎。破坏是容易的，它只需要不多的几个口号加愤怒和激情，而建设或重建则还需要清明的理性和百倍的坚韧。

在新的世纪预防上一世纪出现过的社会大动荡乃至流血是有充分的道德理由的，因为它将伤及保存生命的基本道德原则。而在这方面，我们有望得到"千年传统"的中国历史文化的支持。从孔子到梁启超，其实还始终是一种温和与中道理性的精神占上风，包括所推崇的人格也是如此。但这一精神和人格榜样在二十世纪中叶发生了一些根本的变化，我想，这一悠久的"千年传统"还是有力量、有生机的。尽管知识分子中有较趋极端的思想者，其思想还是具有一种意义，也有可能和与其对立的极端恰好形成一种有益的客观平衡，但知识分子的思想主流我想还是应当具有那种中道理性与温和坚定的品格，而我们所最推许的知识分子也不宜是那种思想的狂人或者极端主义者，而是期望出现伟大的综合者或平衡者。思想狂人有时会从一个极端跳到另一个极端，他可能会极其激烈和张扬地反对一个专制者，但也可能会因此又匍匐在另一个专制者的面前。

然而，对于深化和丰富我们的精神世界，尤其是对争取一个较好的社会来说，仅仅借助我们以前的文化传统肯定是不够的。除了其他方面的借鉴，我想我们也许还需要对宗教信仰有一种敏感。这并不是说一定要成为某一宗教的信徒，那是和各人的命运和缘分相关，而是说中国的知识分子不应该再对宗教持一种排斥的态度，甚至也不只是口头上理解和尊重，而应有一种力图深入地去体验和领悟的态度。在反省二十世纪的教训方面，我想宗教精神至少有助于我们体会到两点：

第一是敬畏或者说敬慎。我们需要深刻体会到人的脆弱性和有限性，体会到尘世的制度肯定有较好与较坏之别，有比较合乎正义与不合乎正义之别，但再好的制度也不会是十全十美的，不会有人间天堂。这样思考也许就不会想去动辄打倒一切，就不会想去建立一个全新的理想世界，或者不惜血火试图将人类改造为全新的人类。即便对我们想去争取的较好的社会与制度，最好也不抱太高的、一劳永逸的期望。不抱太高的期望，也就不会太失望，不会因为求急反而毁掉我们的希望。我们尤其对它的建立过程和时间要有充分的思想准备。愈是较好的制度，其实愈是可能需要一个发育生长的时间。所以，我认为对"一战"后德意志"魏玛民国"的批评是不公平的（类似的有对中国民初的批评），不能以出现某些软弱或"乱相"就否定整个民主共和制度，就认为这证明了自由民主的失败。德国在"二战"后其实又回到了这一制度并且长期稳定和走向繁荣了。所以，这一次我们也应当有足够的思想准备和工作努力，应当给以充分的时间发育成长。

第二是悲悯。即我们的正义感主要是对事而非对人。对人还是要有一种悲悯。这种悲悯是对所有人、所有生命的悲悯，但尤其是对弱者的悲悯。即便是对犯罪的人、敌对阵营的人，也应就像俄罗斯宗教濡染的那些普通母亲一样，同时也把他们看作"不幸的人"。持有这样的精神，参与社会竞争甚至政治斗争也就不是一定要争个你死我活，就不会轻易去诉诸暴力，更不会动辄就想去清除人，乃至肉体消灭。甚至我们目前的政治争论也可能是既要有一种执着，又要有一种超脱的精神。不是一定要事事己方取胜，或者如何压倒对方，而是要努力做对的事情、做正义的事情。

的确，《倒转"红轮"：俄国知识分子的心路回溯》中的一些观点是可以讨论和商榷的。我存疑的两点是：其一，作者是否高估了斯托雷平改革的"不公正性"及其客观上"引发革命"的意义。我认为，一次大战所带来的危机可能起了更重要的作用，甚至列宁在十月革命前回国都是不可或缺的因素。另一点是，我也怀疑作者是否过于强调了一九一八年年初政变的历史转折意义。如果是不顾一切地夺取政权，也就会不顾一切地保住政权，这也不过是夺权者的政治逻辑使然或者本性显露。但无论如何，这本书是很有意义的一个贡献，贡献之一就是它提供了一面镜子，可以帮助我们观察中国知识分子的心灵史甚至更广大范畴内的中国近代史，从而看到我们历史的特点和心灵的缺失。

贴地飞翔

——从梁庄到吴镇

梁庄还在我们的身边，现在又有了吴镇。

这是更广阔的一个视野，也是一个更高的视野。

梁鸿在写了《中国在梁庄》之后写了《出梁庄记》。出了梁庄的人都去了哪里？去了本省和外省的县城、省城，去了京城甚至国外，最不济的大概也到了吴镇，或者在外面挣了一些钱回到吴镇。

梁庄已经半空了，剩下的多是老小。今天，居住了中国最多人口的已不再是乡村，也不是大都市，而大概就是这样的城镇。中国的城镇化也是现在政府政策推进的一个方向。

作者的风格也发生了一个丕变。梁鸿两本写梁庄的书还被归类为形象记录性的"非虚构作品"，甚至可以在学术上被视为一种社会学的观察和调查，但现在的这本《神圣家族》看来已经是一本小说，是纯粹的文学作品。作者有了凌空的一跃，不再只是"立足大地"，还有了"发光的云"；不再只是平视的眼光，还有了俯视。我们以前在梁庄系列中见识过作者敏锐的观察力和思考力，这次还见识了作者的想象力。她善于把握细节的能力依然留存，思考却借助想象进入了更广的时空。

梁鸿从学术中走来，先是做中国现当代文学，尤其是乡土文学的研究，后来可以说是乡土中国的研究。但在这本书里，作者已经转向了艺术的创造。作者已经飞翔起来，不仅关心社会和政治的问题，也关心灵魂和信仰的问题，不只是写实，而是已经有虚构，甚至有一些荒诞。比如开首一篇《一朵发光的云在吴镇上空移动》中，一个孩子阿清为发光的云所吸引，为了阻止砍伐一棵老槐树，他爬上了这棵树，吃住都在树上，因登高看到了平时看不到的情景，甚至变成了"树人"。镇上还有一个颇为神秘的"圣徒德泉"时刻准备从天而降。在《到第二条河去游泳》一篇中，则有一个轻生的女子死后，发现自己似乎还活着，周围还漂流着另外一些人，她们互相诉说着自己哀痛的故事：

> 她还活着。身体平躺着，沿着水流往下漂移。她睁开眼睛，看到天。一朵灰蓝色的云，跟着她。一切都太安静了。她想，就这样漂下去，也挺好。
>
> 一个人漂了过来，和她一样，直直地躺在水里。……过了一会儿，又一个人漂过来了。是个胖胖的老太太，看到她，那老太太蹬了几下水，慢了下来，跟在她后面。
>
> 又一个女人过来了，穿着艳丽的裙子，裙子被水鼓着，像一面被风鼓着的小旗子，张力十足。……慢慢地，其他漂在河里的人也聚过来，听她们聊天，和她们一起往前漂。……她忽然特别想说，想把一切没有讲过的话都讲出来……

（就像一位诗人所言：）“世界上所有的溺水者，都是自己选择的游泳。”

多么平静，又多么哀伤。这或可说是一种“冥河”上悲痛的幽美。作者也尝试了一些不同的文学结构和笔法，如十二篇的结构，首尾呼应。这些篇章大多是写人物的，也有放在前面写场景的《漂流》一篇，先扼要地勾画出了小镇的轮廓。她也尝试了叙述角度的转换，基本都是第三人称的叙述，但在《肉头》一篇中，却是采取第一人称对多个家庭的“闲话”叙述。还有象征的描写，比如在街头被绑在轮椅上被人推来推去的老妇人。当然，保证文学质量的，最重要的还是一种文学的感受，或者说文学对生命的真切和细腻感受，以及一种表达的能力。比如在《那个明亮的雪天下午》一篇，就细致地揭示了朦胧的、似乎是初恋的少男少女微妙的心情转换。我希望这种接地气的虚构写作成为一种文学的样式，甚至一种比较主流的样式。对于学者来说，阅读一些这样的作品，或许还能使思想者不致“天马行空”，臆想一些不可能实现，而若强行实施将带来祸患的乌托邦。下面我的评论也主要是一种基于思想学术的评论。

总之，虽然时有高低，这飞翔始终都还是贴近地面的飞翔。这不是异邦的“云上的日子”，而就是本土“云下的吴镇”。阿清奋力攀高，却依然没有脱离大树。吴镇也还是连着梁庄，乃至就包含着梁庄。在梁庄系列中，作者不是像刚获得诺贝尔文学奖的白俄罗斯女作家阿列克谢耶维奇那样完全让访谈对象自述，而也有自己的叙述。她们不同的处理方式大概是由她们面对的不同题材所决定的。在吴镇的故事中，一位女性海红从少女起就开始在多篇中出现，从她可以看到"梁庄女儿"自己的影子。医生毅志大概也是从梁庄而来。"圣徒"德泉也还是普通人的能力，并没有展现神迹。更重要的是，作者内心深深牵挂的还是那一方水土，还是她亲密和熟悉的人们。

而在这些人中，给人印象最深、也分量最重的是那些作为"乡村知识分子"的人——杨凤喜、明亮和蓝伟等。他们读了师范甚至本科，无一例外地都想从政治上出头，但最后都失败了。他们并不是没有才华和斗志，但还是都没有成功。

杨凤喜农民出身，家庭贫困，姊妹众多。但他父亲却是一个不甘心的农民，他自己做不了官了，就把希望寄托在儿子身上，为训练儿子的各种规矩和礼仪打骂了无数次。直到杨凤喜考上大学，并很快成为学生会干部的那一刻，他才明白，"父亲的教育是多么必要而且完整。他的谦恭有礼、沉默内敛，一下子就把他从众多还懵懵懂懂的农村娃中区别出来，也把他从众多单纯骄矜的城里学生中独立出来。他鹤立鸡群，天生一个'官胚子'"。但他还有另一面，他的确也是个才子，会拉二胡会写诗，有一双忧郁的黑眼睛，很吸引女孩子，开始他是和最漂亮的一个女孩张晓霞谈恋爱，但后来却和即将退休的吴镇党委书记的女儿周香兰结婚了。周香兰不够漂亮，矮，胖，但胸脯丰满，对他也有吸引力。杨凤喜虽然期望着岳父的帮助，但也相信自身的能力和资质。他虽然命运不济被分配做了一名中学教师，但他从来不去领他的教师工资，"他始终觉得他不是那样拿着几张纸片的人。那不是他设想的生活。他的未来本应该一呼百应，前呼后拥，运筹帷幄，指点江山"。然而，一个退休的镇党委书记已经没有多少能量，最终也没有帮上他。他的仕途没有了，而他后来再相好的情人张晓霞得胃癌死了，妻子周香兰丰满的乳房也因长满瘤子被割掉了。连他的学生也没有了，他几乎无课可上。他什么也没有。可是到哪儿去？他不知道。于是，他只能在网上，匿名地袒露他内心最冷酷最无情的想法和最辛酸最悲凉的心态。

另一位教师明亮可能比杨凤喜更有斗志，也更脚踏实地，他除了自己也似乎没有别的可用资源。他分到一所条件很差的中学，发出过"大风起兮云飞扬"的豪语。他没有机会直接进入政界，就追求校内的权力，他竞争教导主任，后来还当上了副校长，一路过来，自然有他的工作业绩，但是也有不少人说他变坏了，"一心想当官，眼睛往上翻，对下面人苛刻得要死"，但他在竞争校长的时候还是失败了。他一下不见所有人了，手机也关了，甚至有自杀倾向。他以前还一直会给师范的同学海红写信，那是保留他过去的纯真的出口，也是他唯一真情的倾诉方式，然而，这次失败后他退还了私下留存的海红的照片，看来准备完全丢掉过去还遗留的一点纯真，这种纯真或许只是阻力，或者让其不安乃至难堪。

文学会特别注意描写两类人，一类是那些最弱势、最孤苦无告的人，一类是那些最有才华但命运不济的人。我们在《神圣家族》中所发现的人物，也是比较集中于这两端。一端是特别的贫困者、流浪者以及我们前面谈到的自杀者。但弱者今天也不会是始终和完全的弱者，他们有的也能找到其他办法，就像许家亮多次想方设法上访，他后来有意挖"地窝子"，给官员似乎光亮的政绩抹灰，用近似无赖的战法对抗权力，但最后这"地洞"还是被拆。

另一端是有文化的"乡村知识分子"，其中不乏有才干和抱负的佼佼者。作者曾经写到作为一个村庄灵魂的梁庄小学的败落，这本书里又形象地写到了老师们的窘况。书中有两段话颇能揭示一般乡镇教师的地位和形象：

> 到2014年，（教师工资）才涨到三千元左右。在吴镇，这工资并不算低。但是，这都只是看得见的。他只有这看得见的。老师为什么就只是老师？就是因为你只有那看得见的几张薄纸片，你只能勉强维持尊严。所以，你看那谨慎、整齐、说话小心翼翼，带着一股子小家子气的人，一定是老师……谁都能看出来你是老师。他们对你，那种故作尊重但又略含轻视的神情把你死死地钉在耻辱架上，你不得不带着这个羞耻的印记生活。
>
> ……教师，在小镇上，变成了一个不确定的、被架空了的阶层。既受人尊重又被轻视，既是场面上的人，却又不被任何一个场面的人看重。

这些人是了解乡村的人，又是乡镇最有文化的人，因而也是最有可能引导和改变乡村的人，然而他们的地位又是非常尴尬，甚至可以说是相当卑微的。他们无权无钱，在今天的乡村连尊敬也丧失了。以上两种情况总是要促使我们提出这样的问题：有志者能不能利用恰当的途径，从而光明正大地拥有权力？而弱势者能不能有恰当的手段，从而光明正大地维护自己？

中国一百多年来经历了巨变。一条上千年缓慢流畅的河，突然变得无比的湍急。中国社会的重心已经由乡村变为都市。这或许是现代社会的通性。而特殊性则在于中国的乡村却和繁荣进步的都市形成了让人吃惊的对照。它并没有跟着都市进展，而是不仅失去了过去的人文生态，连昔日的自然生态也遭到了破坏。

我宁愿将乡、镇都划为一类，将大都市划为另一类，并认为乡镇和都市的差别可能是中国目前最大的一种差别。这种差别之大有时甚至让人觉得是两个极端：一个是其发展速度和巍峨建筑让世界发达地区都感到艳羡的都市中国，另一个则是乡土中国。而最让人担心的则是乡镇地区的吏治文化和教育。

的确，在传统社会，也是官本位的，但是，在科举时代的千年里，农耕子弟要出头只需会读书，通过各级考试就能入仕为官，这种考试可以说是相当严格和机会公平的。人们可以不失尊严，不借助出身、财富和权力关系来入仕。乡村和城市的连接也就自然而然地通过这种来自田野的乡村子弟经由科举进入上层，他们退休之后又回到乡里，成为一方文化和财富的权威。而他们和昔日权力及现任地方官员也保持着某种联系，也是一般乡里纠纷的仲裁人，乡村公共建设和救助的组织者和出资人。他们也支持和资助本地和本家族的读书种子读书入仕。如此循环流转，故地方文风总是保持着一定的水准，整个社会也通过家庭和家族维持着一种有机的联系和基本的秩序。

现代社会自然不可能，也不必复原到传统社会。官本位应该打破或者淡化，权、钱、名应当有恰当的分流。但如何让乡镇成为一个有机的共同体，同时让乡土中国与都市中国也成为一个有机的共同体，则可能是未来中国最大的一个需要解决的问题。农村过去的家族和退休文人官员往往能承担许多的社会功能甚至一定的政治功能，但近代以来先是战乱与革命将乡村的权威摧毁殆尽，后来又是国家权力先一插到底之后又急速退出，近年汹涌的市场金钱关系也大大冲击和瓦解了传统的价值观念体系，高科技带来的负面作用看来也相当明显——比如网络游戏就毁了许多孩子的学业，而外出打工才能挣钱、都市待不住而乡村又回不来则将核心家庭也弄得支离破碎。长此以往，"家将不家"。

当然，如果看不到最近几十年取得的巨大进步，或者完全否定市场经济，可能并不公道也不厚道。和昔日的梁庄相比，梁庄的梁家人一九六〇年前有两百多人，一九六〇年饿死了六七十人。就是到了二十世纪七十年代末，人们生活也还是普遍穷困。但现在人们的物质生活是大大地改善了，包括教师们也不会有被羞辱和批斗之虞，甚至可以说发达的市场经济终于给一直被压抑的某些才能提供了展现的舞台和发展的机会。在《美人彩虹》一篇中，一个普通的乡村姑娘彩虹却具有一种经商的特殊才能和兴趣，她开了一个"彩虹洗化"商店，多年来这个店从来都是早晨八点开门，晚上十点关门，即使她生孩子，妹妹出嫁，弟弟被枪毙，父亲去世也雷打不动。彩虹坐在她的商店里得其所哉：

　　她坐在她的王国之中，周边是起伏有致的山河领地，她就是这领地中的王后，正忙碌而又有条不紊地处理国事。她的记忆力越来越准确，越来越细致，同一种货品，譬如牙膏，她能毫不费力地记住每种牙膏的价格，并在脑子里迅速换算出每种牙膏的差价，包括它之前的价格，涨多少，供应商给的回扣，卖出去的量，顾客的反馈喜好，等等，等等。她脑子里的每一个沟回，每一个脑细胞都被充分调动起来，散发着因不断思考而蒸腾出来的热气，热气腾腾的下面是一个巨大的、无边无际的网络，纵横交织，密密麻麻，深入进去，又条条畅通，每种货品张出一个网，各自的数字盘踞在各自的位置上，这一张网又和另一张网相互比较，重合，分岔，又各自前行。她的大脑就是一个精确运转的小宇宙，无边无际，又井然有序。

无论如何，这也是一种才能，一种特殊的才能，甚至可以说是一种现代社会特别有用和被人看重的才能。的确，彩虹的世界还相对狭窄，不仅是空间上的——她甚至多年没有走出方圆一公里之外，这种狭窄也是感情和精神上的——她因此忽略了她的朋友、亲人，甚至于她的丈夫。这也许是她的一种专注？

但彩虹还是满足的。如果没有改革开放，她不会得到这种满足，甚至不会发现自己的这种才能，只是她的世界太单一、太狭隘，对其他的人太冷淡，这甚至限制了她的这种才能。无论如何，中国依靠它压抑多少年而终于释放出来的求利动力，又赶上了世界高科技革命的大潮，在融入全球市场中近年经济终于大幅崛起。但是，不管前台如何光鲜，在一个都市的中国后面还有一个乡土的中国。这也是中国，是不可推卸、不可剥离的中国。台前的要人、名人、富人追溯起来其实也都是来自这个中国。它是我们所有人的故乡，我们都是从它走出来的，我们如何使这"两个中国"不断接近，最后合为一体呢？否则，中国即便说是赢得了今天，也还有可能失去明天。

最后一篇小说是《好人蓝伟》。蓝伟一直做学校领导班子的班长，对别人和公益的事业一直热心和公正，人们都看好他的仕途，但在一次跟着上面领导嫖娼被抓住以后，他的晋升之路就完结了，他回到了吴镇，只拿一千多元的工薪，妻子也带着孩子跟他离婚了，他连过年也都在给富有的同学看管一个沙场。但他看来反而心安了，他依旧是一个热心人，通过他，几乎可以联系到所有过去的同学，他被所有人信任，一旦谁需要帮忙，他必定会第一个出现。他热爱吴镇和吴镇上的每一个人。他在作品的最后诉说，看来也是作者的声音。他想告诉那个爬上树、看到在其心目中代表一种信仰和坚守的阿花奶奶的俗态而失望的阿清，让他不要沮丧，因为人都还是会有尘世的一面，有时妥协也是美的。他希望彩虹也离开她的以店为家的地方，去海滩边晒晒太阳，吃一次少女时代最梦想的西餐。他也含泪想起了他的女儿。

蓝伟的这种爱，归根结底也是一种对大地的热爱，对人间的热爱。这爱也是一种和解——与生活和解，与命运和解，与他人和解，与故乡和解。"仇必和而解"，"恨必爱而纾"，爱与和解不仅是我们追求的目标，也应是我们改造现实的动力。

知识分子的道德责任

——《知识分子与社会》序

张亚月、梁兴国翻译的美国托马斯·索维尔的《知识分子与社会》，为我们有关知识分子的西方思想文库又增加了一份独特的文献。说它是独特的，是指作者对知识分子的态度是反省的，甚至是批判的，他指出知识分子对社会影响的独特性，即生产理念的知识分子甚至不必直接面对公众也能对社会产生深刻的影响，而重要的问题在于，他们还常常不必对自己的理念对社会产生的巨大负面影响负责。于是他们的观念生产和传播就似乎是完全自由的，不受任何约束的。而"不出版则灭亡"的学术行规，还有可能加剧一种不负责任的思想观念上的标新立异乃至惊世骇俗。

当然，这里指的主要是西方国家的知识分子。索维尔考察的主要是他所属社会的知识分子。他回顾二十世纪以来西方尤其美国知识分子的历史，分析其中不少人染有的两个鲜明特征。一个特征是"圣化构想"（the vision of the anointed），即一种和强调经验与审慎的"悲观构想"相对立的完美化的构想，它常常设定一个完美社会的图景来批判现实社会，认为自己可以提供一种出路和解决方案，乃至认为自己或某种制度甚或某个领袖就是被圣化的个人，将引领社会脱离愚昧而走向纯然的光明。

现代知识分子还有一个鲜明的特征就是"辞令技巧"，这的确也是他们的所长。他们太会说话或者写文章，容易美化自己的理想图景，也太善于批判别人，或者避开真实的论据交锋，比如说指责对方"过于简单"。他们也十分善于过滤事实，选择材料或者词语的描述以打击自己的对手，或者攻击经验和常识。在他们的理念明显失败之后，也还善于文过饰非，掩盖自己的错误，为自己寻找种种合理化的借口。

我们这里所说的知识分子所应负的道德责任，有些类似于韦伯所说的政治家应负的"责任伦理"，这种"责任伦理"和只考虑自己的理想信念的"信念伦理"不同，它必须考虑和顾及其政治决定将影响到其他许多人的社会后果。但是，和政治家的"责任伦理"又有所不同的是，知识分子是生产理念而非政策的，他们不是对社会直接产生影响的，而主要是提供一些制度或政策的可供选择的方案。知识分子也必须努力去达到思想的清晰和逻辑的周延，要求有一种自由独立和力求彻底的思考，而他提出的理念或理论，可能被接受也可能不被接受，其本身也许有多种解释或者向不同方向发展的多种可能。这样，一种对知识分子的"责任伦理"的要求，就不会像其决策能够直接且常常是决定性地影响千百万人的命运的政治家的"责任伦理"那么高或者严格。

但是，知识分子对自己的言论和理念的确又还是要负有某种道德责任的。他们除了考虑自己的信念和理念（有些信念或理念后面其实可能还有自身利益的影响，这一点其实也是需要自我反省和警惕的），他们还应当考虑自己的理念将带来的社会影响与后果。他们虽然可以，也必须自由和独立地思考，努力形成自己的独特理论，但在发表或宣传自己的理论之前，还是要有某种谨慎，在涉及社会的事情上，还是应该对常识和经验有所尊重和顾及，而不宜仅凭自己的"圣化构想"来建构解决社会问题的理论方案。在自己赞成的理念传播甚或变成社会实践之后，还应当观察它的社会后果，如果这种社会实践已经带来了严重的负面后果，给公众带来了灾难性的影响，就应当反省和承认自己的错误，而不是运用"辞令技巧"来进行掩饰和回避。可能的话，还应当尽力去补救这种后果，包括调整自己的观点或者说径直"向真理投降"。

而我们目前看到的情况是，的确有一种知识分子的道德责任经常被人们提及、强调和赞美。那就是，知识分子对于社会的不公正，应当挺身出来进行抗议和抵制。或者在一种更广泛与温和的意义上说，知识分子应当在公共事务上发言，应当关心社会。这无疑也是属于知识分子的道德责任。但问题是，我们前面所说的那种需要顾及社会后果，或者说需要让自己的理念接受社会实践的验证的道德责任却常常被忽略。当然，我们要注意，这种顾及社会后果的"责任伦理"并非一种"结果论"的伦理，恰恰相反，因为所要顾及的是社会的生存，是社会上千百万其他人的生命和自由，它恰恰是一种义务论的伦理学。而且，顾及"后果"也不是说一定要等后果出现才能判断，而是在事先就有原则规范可循的。这些原则规范有一种直觉的意义，它们也得到此前许多历史经验教训的支持。应用到知识分子的道德责任，我们至少可以说有这样一些明显的规则，比如说知识分子不应鼓吹"为了实现目的可以不择手段"，不应鼓吹将大量牺牲无辜者生命的"集体暴力"，不应颂扬那些掌握绝对权力的独裁者，等等。

知识分子是具有某种共性的，所以，一些基本的原则规范是普遍适用的。但从知识分子与社会的关系观察，西方世界与非西方世界的知识分子又还有所不同。我们再谈一下前面已经讲到过的这种不同。比如说，在一国大规模的暴力流血或极权主义的灾难之后，人们会问：除了直接造成这些劫难的政治家之外，本国的知识分子对此应负有何种责任？这种责任的追究常常会延伸到那些顺从的、屈服的、说了自己违心的话的知识分子。但是，如果人们考虑到这些本国的知识分子是处在一种极端不自由，甚至是处在一种选择生存还是毁灭的处境之中，那么，这种追究应该是有某种限度的。看来更应该追究或者深刻反省的是，那些生活在自由世界中的知识分子，没有受到任何生存的威胁，为什么也要助纣为虐？

作者写道："在这方面，20世纪知识分子的记录尤其令人震惊。在20世纪，几乎没有一个滥杀无辜的独裁者缺乏知识分子支持者；这些独裁者不仅拥有自己国家内部的知识分子支持者，而且也拥有自己国家之外的民主国家内的知识分子支持者；因为在那些民主国家里，人们可以自由表达其思想。"他还引述了哥伦比亚大学的马克·里拉教授在其著作《心灵的疏漏》（*The Reckless Mind*）中的评价说："卓尔不群的教授、有天赋的诗人、有影响力的新闻记者，运用他们的天分去说服所有愿意倾听的人，让人们用适当的视角将现代暴君当作解放者，将其难于想象的罪行当作高贵行为。

那些想担当重任去真实记录20世纪欧洲知识分子历史的人，需要具有强大的承受力。"

的确，有些似乎最为独立不羁，也并不受到权力迫害和压制的西方知识分子，他们为什么要赞美和服从异邦的政治强人，甚至歌颂那些极权社会的独裁者？难道这是因为他们要批评和反抗自己所面对的，亦即近处相对温和的统治者，或者是要批判一种软性的全球资本的力量？这并不是说这种批评和批判不对，但是不是一定要通过赞美远方的独裁者或者异托邦来做这件事？这样将置那些真实地生活在这种政治专制之下的人于何地？西方的知识分子必须考虑和顾及这些问题，这也是他们的一种道德责任。而且，由于西方世界的这些知识分子的话语事实上是处在一种强势地位的，他们更多的是影响非西方世界的知识分子而非被对方影响。他们或许还应更多地考虑这种责任。

而对于非西方世界的知识分子，大概也有谨慎选择的必要。西方知识分子由于他们的生活处境，他们所重点批判的对象和试图解决的问题是和非西方世界有诸多不同的，有许多批判对他们的社会来说也是必要，甚至切中要害的。按照作者所引《高等教育年报》（*Chronicle of Higher Education*）的统计，在美国，"保守主义者在人文学科（3.6%）和社会科学（4.9%）中所占比例非常之低，但他们在商学（24.5%）和卫生科学（20.5%）中的比例则较高"。在社会科学和人文学科中的精英人士中间，也就是在那些具有博士学位授予权的高校教师们中间，"没有一位教师曾被报道其在2004年时投票给布什总统"，而在当时布什获得了全国大众选民中优势数量的选票。"而在卫生科学方面，一项研究显示：教职员中自称为保守主义者的比例，与自称为自由主义者的比例相当（20.5%），其余人则自称为温和派。在商科中，自我标榜的保守主义者（24.5%）要比自称为自由主义者（21.3%）的人略多一些。但是在社会科学和人文学科中，自我定义为自由主义者的人则占绝大多数；在这些学科的其他人中，温和派的比例也是保守主义者的好几倍。"

这里的"保守主义"其实是比较古典的自由主义，而"自由主义"则是作者所认为的左翼。如果情况真是这样，那么往西方留学的年轻学子可能就要有所警惕了，而力图和国际接轨，乃至保持同步，引起西方学者注意的中国学者大概也要有所警醒了。他们必须尽量独立地思考和谨慎地选择。因为他们所处的社会与西方学者所处的社会相当不同。

自然，我们也可以批评作者可能确有点反智主义，或者说过于保守主义。他批判锋芒所涉及的面似乎也过于宽广——比如说他对杜威、罗素等人的批评，而真正造成严重社会后果的并不是这些知识分子，且不说他们的思想理论本身的意义。但无论如何，《知识分子与社会》为我们提供了一面镜子，它指出了知识分子道德责任中重要的另一面，即知识分子不仅要敢尽言责，还要善尽言责，考虑和顾及他们的言论和理念对社会产生的影响和后果。

国家能力、法治与责任政府

福山的新著《政治秩序的起源》是他迄今为止篇幅最长的著作，二〇一一年出版的还只是这部书的上卷，就已接近六百页，其副标题是"从前人类时代到法国大革命"（"The Origins of Political Order: From Prehuman Times to the French Revolution"）。上卷共分为四编：第一编是"国家之前"；第二编是"国家建设"；第三编是"法治"；第四编是"责任政府"。

这本书秉承了福山一向论述风格明快以及思想敏感、善于概括，常常提炼出能够引起众多讨论与争议的概念的特点。上述四编的后三个标题其实就是福山新著的三个关键概念，而国家（the State）、法治（the Rule of Law）和责任政府（Accountable Government）也是福山所认为的现代的，乃至良好的政治秩序的三个基本标志。首先，国家一定要像一个国家，要有强大的、或者说合格的国家能力，要能够有效地维护自身的安全、维持和平与正常的社会秩序，为此也就需要一定的权力、权威、组织、机构和服从关系。这看来是福山首先考虑的问题，也是人类脱离氏族状态而建立国家或者说政治秩序的最初本意。其次，国家要通过法律来治理，法律要高于统治者、高于权力，法律要推广到社会的所有部分，"法治"也就是在这个意义上的"法律的统治"。最后，政府是一个负责的政府，要承担对社会和其治下的责任，而福山所理解的现代责任政府其实也就是民主制度。

当然，首要的出发点还是国家的能力，或者说政治机构的起源。福山在序言中谈到该书的两个起因，一是亨廷顿前几年要他为其一九六八年初版、现已成政治学经典的著作《变化社会中的政治秩序》写一篇新序。于是有承接亨廷顿而来的问题意识，即如何在一个急剧变动的时代，首先考虑国家能力，考虑政治的稳定发展和防止政治衰朽；二是考虑到世界上还有许多国家能力衰弱的，甚至失败的国家给世界带来的许多问题乃至危机。作者反对无论是左派的、还是右派的"无政府"幻想，前者希望一个也许最终能达到的乌托邦，后者则似乎过于相信市场的作用而极力限制政府的功能。

福山对国家的定义基本是采取韦伯的解释，即所谓"国家"就是在固定的领土范围内实施有效的暴力垄断。他对国家的发展进程的一般描述是这样的：人们在部落社会中逐渐营造政治机构，首先是维持和平不再靠宗族团体之间的大致均势，而靠常备的军队和警察。财产不再归属于宗族，而为个人所拥有。产权的保障也不再靠宗族，而靠法庭来解决争端。这样就出现了国家。

如果在一个政治社会中，社会规则越来越正规化，且这些正式规则，不必顾及在特定时间行使该权力的某人而可自主决定制度中的权力分配。换言之，当机构替代了领袖，法律高于暂时指挥军队和官僚的统治者个人的时候，这就出现了法治。

最后，如果有些社会不仅迫使统治者遵守限制国家权力的书面法律，还责成他们必须向国会、议会和其他代表较多人口的机构表示负责的时候，这就出现了现代民主的责任政府。

这三个概念与权力的关系，在福山看来，国家能力是强调集中和行使政治权力，而法治和责任政府则是强调限制和约束国家权力，迫使政府依据公开和透明的规则来行使权力，并确保国家从属于民众的意志。他认为现代成功的自由民主制，就是把这三方面的要素结合在一种稳定的平衡中。能取得这种平衡，这本身就是现代政治的奇迹，或者说是一种"制竞天择"。上述三要素的结合在近代英国与丹麦等国家产生带有某种偶然性，但是一旦产生，就带有某种应用上的普遍性了。如果说这里有一种"必然性"的话，那也是一种事后的"必然性"，而不是一种事先的"必然性"。

然而，构成现代国家的三个要素，在近代以前的历史上并不是结合在一起的，而是分别发展的。中国在福山这本书中尤其占据了特别多的篇幅，不仅有六章专门叙述，还在其他地方多有论述，其书结尾部分提出的两个问题也是一个关系到中国，另一个关系到自由民主制度。福山强调中国的重要性，是因为他认为中国人从秦朝开始建立了世界上第一个具有现代特征的强大国家，现在人们所理解的现代国家元素，在公元前三世纪的中国业已到位。而其在欧洲的出现，则晚了一千八百余年。所以他不是像许多西方学者常做的那样把欧洲的发展当作标准，而查询其他社会为何偏离，他把中国当作国家形成的一般范本，查询其他文明为何不复制中国道路。但他认为，这并不表示中国优越于其他社会。因为，没有法治或责任政府的国家，有可能实施非常暴虐的专制主义。换言之，中国也许一向不缺或者能够迅速恢复强大的国家能力，但如果没有法治和向其问责的其他权力，一个根深蒂固的问题就是可能出现"坏的皇帝"和导致"治乱循环"。

福山写这本书的深层问题意识还不是中国，而主要是出自对美国现实政治的关注，中国或许主要是成为一种对照。他优先关注的还是美国国家能力的建设问题。福山倒不是要主张和强调美国的对外强势或维持霸权，他甚至反对美国对伊拉克的战争等过分的军事干预，他更重视的是调整美国的内政，认为美国人的意见现在比较趋于两极分化，甚至有地域化的表现，各种团体和利益集团对国会的影响使政策难于制定，经常议事空转，不能迅速地做出紧迫的重大决策，而目前又缺乏一个比较强势的总统。

总之，在他看来，现在美国的主要问题是国家能力堪忧。这又可能是美国的制度一度太成功的缘故，就像古代的中国也曾是太成功、太早熟而后来却不易调整和改变一样。或许我们可以这样认为，福山判断美国的民主与法治制度都出现了一些问题，从而影响到了美国国家能力的提升。

无疑，我们对福山此书中的一些看法是可以提出批评的，但他的确从历史发展的角度，提出了一些最重要的政治问题。这不仅是中美两个大国，也是世界各国共同的问题，即如何建立和维持良好有效的政治机构，一方面足够强有力到能够有效地处理本国的内政外交问题，维护社会的秩序与和平，另一方面又遵守规则，承担责任，不至于因腐败、滥用权力或者无所作为而导致灾难。

正义的原则与策略

在西方学界活跃的东方或者说亚裔学者中，我们可以举出来自巴勒斯坦的萨义德、印度的阿马蒂亚·森和日裔的福山。华裔的学者在汉学或中国研究等方面成绩卓著，但目前似乎还没有出现在西方学术的主流领域可与上述三人的影响相匹敌者。我们希望并期待不久的将来，能出现这样的对西方思想学术有重要影响的华人学者。

经济学和政治学理论、西方及世界的历史、国际关系与政治，尤其还有高端的哲学，应该说都是西方一些比较主要的思想学术领域，而阿马蒂亚·森可以说涉及了其中的多个领域且成绩非凡。他一九九八年获得了诺贝尔经济学奖，近年又进入了道德与政治哲学的领域，其较近的一本著作是《正义的理念》，被认为是自罗尔斯《正义论》出版以来在这方面的一个重要进展和贡献。而且，我们可以看到，其著作中还融入了印度的古老智慧。

阿马蒂亚·森对正义的探索还是从罗尔斯出

发的，他承认罗尔斯为此所做出的奠基性贡献，并同样重视理论的作用。但是，他认为自己的正义理念与罗尔斯的正义理论及其社会契约方法有三点显著的不同：首先，他认为重要的不是要先验地去寻找绝对的正义，而是要就明显的不正义达成共识；其次，他认为关注的焦点不必仅仅局限于制度，而是要更关注人们的生活以及实现一种好的生活的可行能力；最后，他认为，和社会契约方法预设了在一个主权国家内思考不同，还应该超越国家，在一个全球的视点上考虑正义问题。

不过，我认为这里似乎可以分成两个理论层次：在现代伦理学中，一个层次是追问什么是正当的理据，即追问我们据以判断正当（right）与不正当的根据是什么；另一个层次则是追问何以实行或实现这正当。从逻辑上来说，前一个追问是更基本和优先的，我们只有知道何为正当，才能履行正当。回答前一个问题的理论或可称为"原则性理论"，回答后一个问题的理论或可称为"实践性或策略性理论"。另外，现代正义可以说主要是用于制度的正当，而今天的制度，一般都是以一个民族国家、或者说一个政治社会为基本范畴的。

和伯纳德·威廉斯等有某种反理论的思想倾向的学者不一样，阿马蒂亚·森还是非常重视理论的，但他提供的看来还是一种用于实践的策略性理论，而在用于原则理据的正义理论上，还是罗尔斯说了最重要的话。

这也是一个老问题了，即对于提出原则的理论家的一个批评，往往是来自实践而非理据的领域，比如认为他们的理论不能解决或忽略了大部分实践问题，或者不能对实践问题总是提出可靠的具体指导，等等。但在以上批评的几点上是可以为罗尔斯这样辩护的，即罗尔斯的探讨是在更为根本的原则或理据性的层次上进行，他是意识到自己的这一限定范围的。他是在探寻基本正义原则的理据，其他思想者也可以做类似的寻求，但在这一层次上寻求的，的确是具有某种绝对或共识意义的正义原则。对罗尔斯来说，这也并不是在寻求一个美轮美奂的完美社会的大厦，而只是寻求一个首先是公正，然后人们方能寻求美好的社会基石。

所以说，这些正义原则一定是很稀少的、最基本的。我们应当努力做到不遗漏，但更不要扩大具有普遍意义的原则范围。在这方面，罗尔斯提出的两个正义原则倒可能是有遗漏的，如果从一种全球文化的视角看，在他的第一正义原则——政治领域内的平等自由原则之前，看来还应有一个保存生命的更为基本的原则。不过他也明确说明他的限度是在发达民主的良序社会的范畴内考虑一种比较理想的正义。而在扩大的方面，他的第二正义原则，尤其是否要永远最关心最不利者的差别原则，能否列入最基本的正义原则之列，则还可以继续争论和存疑。

另外，对不正义的认识与对正义的认识可以说是相通的。我们据以判断何为不正义的标准，往往是来自我们对基本正义原则的认可。甚至有时只是表述上的不同，比如从正面表述的"保存生命"的基本道德原则，从反面表述的"杀害无辜是最大的不义"的基本行为规范，可以说思想内容是一致的。人们要坚定地维护和支持正义，或者说反对不正义，也还必须有一些对何为善恶正邪的基本信念，这里仅仅靠慎思和讨论还是不够的，或者说，将所有问题都付诸慎思与讨论也将削弱反对不正义的力量，必须去寻求比较确定的共识作为讨论和对话的前提。所以，在我看来，我们还是应当更重视社会制度而非个人生活，更重视一国或者说一个政治社会，这也是我们必须面对的现实。而且，在消除不正义方面，也是要更重视首先消除那些由制度造成的不正义——它们是影响人们生活最为严重，也最有可能消除的不正义。

由此看来，阿马蒂亚·森的正义理论就依旧还是罗尔斯正义理论的调整、深化和补充，而不是根本的理论转型或范式更换。如果确认了这一点，我们当然能够从阿马蒂亚·森的正义理论中得到许多启发。比如说，最优先的任务的确是要防止严重的不正义，甚至就让我们的道德实践从反对那些严重不正义的基本禁令开始。此外，我也相当赞同他所说的，在我们面向实践的道德选择和实践中，"正义需要允许多种不同的正义缘由的同时存在，而不是只允许一种正义缘由的存在"。

正义已死，上帝犹存？

罗尔斯是美国乃至西方二十世纪最重要的道德和政治哲学家。他的主要思想贡献是有关社会正义的理论。一般来说，我们从他自己发表的著作里是看不到他宗教信仰的明显印迹的。他是一个行为谨慎和言论节制的人，甚至是一个羞涩的人，他没有公开表露自己心灵最深沉和最隐秘的东西，正像他也不怎么表露自己最直接和表面的、对于现实政治的意见。但是，罗尔斯本人著作中被后来的学者整理出版的最新、也可能是最后的一本书——《简论罪与信的涵义》（*A Brief Inquiry into the Meaning of Sin and Faith: with "On My Religion"*）——却可以使我们一窥罗尔斯心灵深处涉及精神信仰的维度。

书中除了其他学者写的两篇导读，还收集了两篇罗尔斯自己撰写的文献：一篇是他一九四二年在普林斯顿大学本科毕业时写的毕业论文《简论罪与信的涵义》，还有一篇是他去世之后人们在他电脑中发现的一篇写于一九九七年的文章——《我的宗教观》。前一篇文章是尘封多年之后，前几年才发现并受到重视的，后一篇文章则不仅罗尔斯生前没有发表，甚至可以说秘不示人，连他的亲友也不知道。

这样，一篇是罗尔斯早年，在他二十一岁时写的论文，那时他还充满了一种神学的情怀，甚至想进入神学院，成为一个牧师（海德格尔也曾想成为一个牧师）。另一篇是他晚年，在他七十六岁时、即他去世五年前写的文字，这时则主要是回忆他放弃传统的宗教信仰的原因，是一个心灵回顾，甚至可以说是一种精神交代。我们现在主要来看后一篇文字。

罗尔斯出生在巴尔的摩一个传统基督教气氛浓厚的家庭，他也自然而然地成为一个信仰正统圣公会教的教徒。而且，到了在普林斯顿读大学的最后两年，他变得深切地关注神学和它的教义。但大学毕业后不久他就参军了，到了和日军作战的太平洋战场。而在战争的最后一年，他的信仰发生了变化，从那时开始，他认为他不再是一个正统的教徒。他说他不能完全清楚改变的各种原因，但最重要的肯定是因为战争。有三件事深深地嵌在他的记忆里：一是牧师布道事件，二是一个非常优秀的好友迪肯的死，三是听到和思考法西斯对犹太人的大屠杀。

第一件事大约发生在一九四四年十二月中旬。有一天他所在的军营中来了一个路德教的牧师，牧师在布道中说上帝把我们的子弹瞄准日本人而保护我们免受他们的子弹。罗尔斯听了布道感到生气，责备那个牧师说，基督教的教义不能被这样使用。第二件事——迪肯的死——是发生在一九四五年五月，有一天一位上校到军营找两个志愿者，一个是要和上校一起去前方观察敌情，另一个则是要去给附近战地医院中一个急需输血的伤员献血。结果由于罗尔斯和那个伤员的血型相符，他就去献血了。而迪肯的血型不符，就和上校一起去了前线，但不幸他们被日本人发现了，结果两人都被迫击炮弹炸死了。罗尔斯感到非常悲伤，无法忘掉这件事。第三件事发生在一九四五年，一次在军营看新闻纪录片，在那儿他第一次听说了大屠杀，后来又陆续比较详细地了解到这方面的情况。罗尔斯认为，是这些事件，尤其是第三件事影响了他。它们使他面对这样的严峻问题：祈祷是否可能？我怎么能够祈祷和请求上帝来帮助我，或者我的家庭，或者我的国家，或者任何我所关注的值得珍惜的事情呢？上帝并不能从希特勒那里救出数百万的犹太人。要把历史解释为上帝意志的表达，上帝的意志必须符合我们所知道的最基本的正义观念，还能有什么别的最基本的正义呢？

我们可以来分析一下这几件事。第一件事涉及人们对基督教义的利用甚至滥用，但这里似乎还是可以有人、神之别，尤其是对强调人、神之别的宗教来说。不一定要因为人的弱点，人利用和滥用教义就怀疑甚至不再信神——除非这种滥用过于严重和广泛，人们或要思考这一宗教教义及其信奉的神灵有没有出什么问题了。第二件事则是涉及生命的偶然性，即便不说是一种"不公"的偶然性的话，至少是一种完全和正义公平无关的偶然性，为什么恰恰是张三死而不是李四死？甚至在有些时候，死亡的偶然性为什么会落到一个更好或至少更不应当对之负责的人身上，而不是落到一个不如他好，或至少更应当对之负责的人身上？罗尔斯早年其实已经有过类似的感受和经历，而这种早年经历可能更起作用。罗尔斯七岁的时候染上了白喉，结果不小心传染给了大弟，他自己还是活过来了，而他的大弟却死去了。第二年，他又得了肺炎，这一次又传染给了他的二弟，结果也是他活过来了，二弟却死去了。这可能一直是罗尔斯心里的隐痛。后来罗尔斯的正义理论力图尽量消除社会和自然的各种偶然性对人生的影响，可能也与这类经验不无关系。

所以，在影响罗尔斯放弃传统宗教信仰的因素中，第三件事可以说最为重要。如果说，"在奥斯维辛之后"，连写诗都是"一种残忍"，亦即觉得连对美的追求也含有一种不道德的因素的话，那么，这一大屠杀对"神意"支配的正义更是一个严重的挑战：全知、全能、全善的上帝怎么能够容忍这样惨绝人寰的大灾难发生？这似乎与任何"隐秘的神意""先定的和谐""最后的拣选"的教义或理论相忤，无法用其教义来解释和辩护。在陀思妥耶夫斯基的《卡拉马佐夫兄弟》中，伊凡也曾提出了类似的问题，在那里的案例是"残忍地杀死孩子"，伊凡觉得，其他的罪行都可以一种宗教的精神去理解和宽容，但像"残忍地杀死孩子"这样的罪行则无法容忍和宽恕，而对容许有这样的罪行发生的上帝，他也就产生了怀疑。在中国，还有像《窦娥冤》中主人公所遭受的极大的冤屈，也容易使受害者愤怒地质问和责难上天。

于是，这里就发生一种并不是因自我利益等诱惑，而恰恰是因道德、因正义而走向不信的问题：如果这个社会的正义隐退或消匿，甚至完全看不到它复活的迹象，还能够信仰一个上帝吗？或许人们会说，恰恰如此，更应该寄希望于一个拯救的上帝，但人们信仰的上帝不都是在道德和能力上无比地超越于人类的吗，那么，这一造物主为什么造就了这样一个悲惨无望的世界，甚至这样一个邪恶的世界？难道所有的正义都要被推到彼岸，推到来世，而人间的正义却让它荡然无存？当然，这样说可能是把问题尖锐化了。人间的正义肯定是不完满的，但也不会完全死灭，也可能总有些不公的灾难让人觉得不可思议、无法忍受，就像我们因今天的社会还在发生的杀童案件、弑亲案件而困惑不解。而这样的生命的也是道德的灾难，就容易影响到我们对道德的信心，以及对一种超越存在的信心。

无论如何，我们知道，罗尔斯后来投入了一种对社会正义理论的毕生呕心沥血的探讨，这后面一个强烈的动机或许是，即便没有了神意的正义、彼岸的正义，我们至少应当努力去实现人间的正义、此世的正义。即便"上帝死了"，也不是什么事情都可以做。人不可以无所不为，而社会制度也是有改善余地的，也就是"正义犹存"。

罗尔斯似乎是从神学中挣脱出来了，走向了一种人间的正义。和我们所属的这个民族不一样的是，他所属的民族的精神关注主要是从近代开始走向人间，而我们的民族则早在三千年前就有了一种面向人间的转向。演变到今天，和世界上其他民族相比，我们这个民族好像是宗教气质最不浓的一个民族（我这里主要指的是汉族）。

对于社会的多数人来说，大概都会自然而然地接受各自所属的民族的文化习俗和传承。

然而，总还是会有一些人，他们会感到不安，会费心思索，甚至由于某种契机有一种心灵的震撼，从而反省传统的文化习俗或宗教信仰。各民族中还是会有一些人，他们会力图争取一种精神的"解放"，只是各自寻求精神解放的方向是不一样的。

而我们民族中一些人心底所渴望的精神解放，似乎和罗尔斯有点像是对着走过来的。罗尔斯因感觉社会失去正义的震撼，而怀疑到上帝的存在，或至少认为，在这样的事情上，不能再依赖上帝，于是，他转向了对正义的毕生探讨。而我们民族中的一些人，则可能也由于类似的原因，例如社会的不公或者个人的不幸，但却是走向上帝。

罗尔斯也许正因为脱离了传统强势的宗教信仰和神学语言，才会那么投入地探讨社会正义而取得丰硕的成果，而我们也许要诉诸一种强大的精神信仰——包括对正义的信仰，才能脱离一种过于实用主义，甚至机会主义的策略而重新安顿好我们的精神生活与社会秩序。因"信"而走向"义"、走向"德"——在我们这里，这是否会是一个更有力的倾向？

当然，一个民族的精神传承并不会完全失去。从罗尔斯一方来说，我们其实还是可以在他的正义理论深处察觉到信仰留下的痕迹，比如说他对正义的某种普遍性、绝对性乃至永恒性的信念。对于我们来说也是如此，我们可能还是会相当世俗。而世界现时代的方向也是更偏向世俗的。一个典型的现代性问题是：上帝死了，是否我们什么事都可以做，是否还有正义？

然而，现时代"脱魅"的人们，虽然不再容易决定性地投入一种宗教信仰，但精神信仰在人们心灵中的维度却不会轻易消失。无论如何，信仰是不可能被轻易打发的。我们是准备就这样带着疑问，甚至连疑问也不带就进入死亡，还是要仍然继续信仰的探求？这不仅是为了个人的安身立命，也是为了支持正义的事业。当正义微弱的时候，信仰能给正义以强大的精神支持；当正义似乎真的死灭了的时候，人们也还能在信仰中保留正义复活的种子。

我们还没有到最后的时刻。世界没有到最后的时刻，个人也没有到最后的时刻。我们会继续生活，继续探讨，而我们是否会在某个地方和罗尔斯相遇？

看见与被看见*
——阅读《理想国》的一条思想主线

《理想国》是柏拉图著作里最为重要的一部，至少从道德与政治哲学的角度来看是这样。它从个人幸福讲到社会正义，最后又回归人的幸福到底是什么。所以，这样一部书是全面、广博而又深刻的，对今天来说也是具有现实意义的，比如政治改革的问题。

《理想国》内容非常广博，又是采取今天很少用的对话的形式，可能不利于把握主要的思想和线索，所以我今天主要讲两个问题。第一部分，是来尝试读一读这本书开首的部分，对其进行一种解读性的工作。我们来试着慢读细读，品味经典。有些书，我们可以快读甚至不读，但是这本书需要慢读，需要反复读。它的确也很耐读。第二部分，我想提供一条阅读的主线，其主线是"看见"与"被看见"，通过四个隐喻来对《理想国》进行一个思路的解读。当然也可以有别的解读线索。

---

* 此文系根据在上海知本读书会上的讲演整理而成。

《理想国》这本书，也有翻译为《国家篇》《共和国》的，中文翻译最多的是《理想国》。在众多的翻译版本中，"理想国"三个字在我看来相对还是比较贴切的，而它的副标题为"论正义"。在这本书中，对究竟什么是"正义"提出了疑问，并进行了一系列的解释。

我们该如何进入《理想国》呢？这本书有十卷，我们可以将它分为四个部分：第一和第二卷是从个人正义到城邦正义，第三、四、五卷主要讲城邦的正义，第六、七卷讲哲学与政治的关系，最后三卷又从城邦正义回归人的本善。这四个部分，每一卷都可以找到它的关键词。比如第一卷可以用"常识正义"来概括，第二卷是"城邦与人"，第三卷是"护卫者"，即国家的统治层，第四卷讨论了到底什么是正义，第五卷讲三个比较困难、富有挑战性的"大波浪"，一个比一个迅猛，进入新的高潮。比如说，第一个大波浪讲的是"男女平等"的问题，第二个大波浪讲"共妻共子优生"问题，第三个大波浪就是"哲学家王"的问题。第六卷讲"哲学家"，第七卷讲"哲学家王"，第八卷讲"民主"，第九卷讲"僭主"（"僭主"指的是古希腊城邦那些靠不正当方式夺得政权的人，和君主不一样），第十卷最后回归到我刚说的"人最大的福祉是什么"。

我们试着来读第一卷。它可划分为两大部分：一、与父子的谈话；二、与色拉叙马霍斯的对话。

那这场对话发生在什么时候？根据这场对话以及大部分学者的判断，大致可以判断是在公元前四二一年左右，这个时候是伯罗奔尼撒战争期间，但是又没有打仗，是在停战签订和约的时候，伯罗奔尼撒战争是雅典和斯巴达之间的战争。那时苏格拉底还不太老，其他人物还活着。那年苏格拉底五十岁左右，而他在雅典已经有了富有智慧、善于谈话的名声，年轻人都喜欢跟着他，听他说话，和他讨论问题。那时中国刚进入战国时期，孔子、老子已经谢世，而孟子、庄子尚未诞生。用雅斯贝尔斯的话说是一个"轴心时期"。世界各个文明都在一个原创时期。

地点是在比雷埃夫斯港，距离雅典市中心大概七八公里。在斯巴达战争时期，修了一条长城，以此保持畅通。比雷埃夫斯港的特点就是它是商业中心，也是民主政治中心。雅典人有自己的长墙，这里的长墙不是像中国的长城那样大的Great Wall，但是那边的天气比较温暖，商业比较繁荣，那边的人都比较支持民主。

《理想国》出现的人物，苏格拉底和有名有姓的角色有十人，其中参与直接对话者共六人，包括苏格拉底。开始是他与一对父子的对话，后来是和一对兄弟，最重要的是和色拉叙马霍斯的对话。这是非常耐人寻味的、很有意思的一个结构：一对父子是异邦人，一对兄弟是雅典城邦人，还有一个对话人物是异邦的政治学教师。

这本书开头写道："苏格拉底：昨天，我跟阿里斯同的儿子格劳孔一块儿来到比雷埃夫斯港……"文中提到"昨天"，我们可以想象，说明他们是回到雅典后追溯、转述或者是倒叙。故事的缘起是，一位古希腊的哲人苏格拉底和柏拉图的哥哥到比雷埃夫斯港观看赛会后，在回雅典城的路上，被一个富有的年轻人玻勒马霍斯及同伴半说服、半强制地要他留下来一起说说话。他们给苏格拉底两个选择，要么留下，要么武力解决。苏格拉底刚开始不是很想去，想赶回城里去，但玻勒马霍斯对他说了句话："你瞧瞧我们这里多少人？"意思就是你们两个人，我们这里很多人，你人少，我们人多，这是一种实力，不管你愿意不愿意都要去。在这里，政治的味道、权力的味道就出来了。政治的艺术一个是强制，一个是说服。这里苏格拉底希望采用第二种办法，即我来说服你让我离开，或者你说服我让我留下。柏拉图的哥哥格劳孔和阿得曼托斯分别站在苏格拉底和玻勒马霍斯两边，他们就起到了一种妥协的作用。在玻的一边，玻倾向于强迫，而阿则希望说服和劝诱；而格劳孔则在苏格拉底这边做出妥协和让步。在这里就把政治的性质给显示出来了。而苏格拉底这留下来一说就是洋洋近三十万言，《理想国》一书就是以这次长谈记录的形式出现的。

这也可以看出当时的雅典公民主要由这么几部分组成：公民、异邦人、奴隶。雅典有二十多万人，但异邦人据说比公民还要多，说明雅典的吸引力，他们是自由的但没有政治权利的人。奴隶有家庭内部和家庭之外的劳作奴隶，在当时的雅典城邦，很多专门职务也是由奴隶来担任的，比如今天人们很艳羡的"警察""执法人员""银行家"等。走在街上，有时是看不出谁是公民谁是奴隶的，有些公民甚至比奴隶穿得还要差。奴隶自然和异邦人、妇女一样都是没有政治权利的。在雅典公民内部，实行的是相当彻底和全面的民主。我想问一下，大家认为的民主享有哪些权利？投票和选举？不是的，雅典的民主政治采用的是比投票选举更为民主的"轮番为治"，即大家都有担任从较低到最高公职的机会，只是先后次序靠抽签。它保证每一个公民都有参与政治的权利。这意味着，一个雅典公民只要能活到七十岁，就一定有机会进入国家统治高层。比如苏格拉底就担任过。当然这是要建立在城邦公民人数较少的基础上的。所有的公民都可以参加公民大会，所有的职务都轮流担任。包括法庭，比如今天是审判日，所有公民都有权利去法庭做法官或陪审员。但你要抽签决定去哪个审判庭，你事先不知道自己会去哪个庭。所以，在某种程度上，《理想国》正是对这种最彻底的民主进行反思。雅典最兴盛的时期是在伯里克利时代，伯罗奔尼撒战争之前，那么这个彻底的民主到底怎么样？它很辉煌，可是困境在哪里？柏拉图以苏格拉底的名义来讲述这种对民主的思考和反省，也提出正面的政治理想。

以上这些是对《理想国》的背景介绍，时间、地点、人物和缘起。

接下来苏格拉底就这样被半强制半说服地留了下来。留下来之后展开了这么一场世界上非常伟大的谈话，至少是在政治哲学上影响最大的一次谈话。在第一卷中，主要是和一对做生意的异邦父子进行谈话。大家如果看完这本《理想国》，就会发现苏格拉底很会说话。在前两卷中，他说的并不多，以倾听为主，还引你说话，在恰当的时候进行反问，著名的"苏格拉底接生术"（也称"产婆术"）也是由此而来。

苏格拉底开始是和富有的老人克法洛斯谈话，苏格拉底这时的对话者已走到了临近死亡的边缘，老人谈到了对于死后地狱的恐惧，原来以为是奇谈怪论的东西这时却有了分量：如果那些天堂地狱的说法都是真的呢？他们讨论关于老年的问题：老年是幸福还是不幸？财产对老年人意味着什么？如何使自己适应这一变化？这个时候对生命的感受是怎样的？一个人的老年欲望减退了是痛苦还是很安慰？这些多是在年轻的时候不会想的问题，在这个切近死亡的时候，他会去想了。这一生中有没有做过什么伤天害理的事情？也许死后还会有审判？因为面对死亡了，就引出了一个人应当怎么度过一生的问题，是做一个正义的人还是做一个不正义的人能够得到快乐和幸福？正义的问题就是这样引入的。这就涉及"正义"和"幸福"的关系，也引出了比较常识的正义观——什么是正义？怎样做才是正义？当然在这里首先谈论的不是制度的正义而是个人的正义。一个正义的人应该怎样去做？然后再由人的正义推及城邦制度的正义。在某种意义上，社会制度的正义是人的正义的前提条件，制度和国家的正义是先决条件。

再有就是人的灵魂是不是永恒，是不是存在，死后会发生什么？这个问题在最后又回归到个人的正义问题，所以从开始的谈话到结尾部分，这也是一个首尾呼应的过程。在第一卷的结尾，还谈到了三种主要常识性的正义观。

下面我们来讲一讲第二个部分，也就是主线的部分。也就是说阅读《理想国》我们可以采取的视角，主要的线索是什么。我们今天从"看见与被看见"的反面"看不见与不被看见"的视角来解读，通过考察柏拉图《理想国》里的四个著名隐喻，来试图阐释理解此书的一条思想主线。当然对此书主旨，还可以有其他的多种理解和阐释方式。

人类的主要感觉有视觉、听觉、嗅觉、味觉、触觉五种。亚里士多德在《形而上学》开卷就谈到，人们在诸种感觉中尤重视觉，视觉最具有精神意义。无论我们是否有所作为，我们都特别爱观看。我们认知事物及其差别，也得益于视觉者为多。在这里，我们主要讲的是政治视觉的问题。对于不直接治理的人或者说不直接掌握权力的人，是希望"看住权力"的，即把权力关进笼子。让有权者不为非作歹、不僭越、不越界。那么统治者也是试图看住自己的权力的，"看住"被统治者不要造反，社会能够稳定。理想主义的统治者还试图洞见"真理"或"范型"，而大多数被统治者则试图看到政治的真相，了解统治的真情，全面地"看住权力"，同时，每个人也都希望自己被看到、被重视。这种对政治知情和政治参与的要求和对被正视与"承认"的要求，是古代雅典公民也是现代人的普遍要求。

下面来向大家讲述刚才所提到的《理想国》中的四个著名隐喻。

一、隐身人（三五九B—三六〇D）。在《理想国》第二卷中，当格劳孔说完他的契约的正义观之后，他讲述了这样一个故事，即隐身人的隐喻。简单地说，这个故事是这样的：古各斯（Gyges）的祖先是一个牧羊人，有一天走进一道深渊，发现一个可以使自己隐身的戒指，就想方设法谋到一个职位，当上了国王的近臣。到国王身边后勾引了王后，跟她同谋杀掉国王，自己夺取了王位。

这个故事就提出了一个挑战，这是对政治的一个挑战，也是对人性的一个挑战。假设任何一个正义的人、善良的人，能够做任何事都不被看见因而也不受惩罚，长此以往，这个人会不会变得无法无天？这也是政治的起点，就是我们相信人性究竟能相信到什么程度。这个故事值得我们反复思考，不是这么容易就能得到一个回答的。比如，我们做一个引申，给一个人以绝对的权力，做什么事情也不给他惩罚，也就是"不被看见"。我们知道有句名言叫"绝对的权力绝对使人腐化"。究竟是不是这样？在这里其实就是一个政治的起点，我们说法制就是约束所有人的。它的必要性在哪里？西方有一个很著名的"无赖假设"，就是假设社会的人都是无赖，就像我们过安检，其实就是假设每个人都是恐怖分子，因此我们每个人都要接受检查。

第一个隐喻还有另一种说法，即希罗多德在《历史》中所讲述的故事说，原来的吕底亚国王坎道列斯如此想让别人知道他宠爱的妻子的美丽，竟然一定要自己最宠信的亲信巨吉斯（Gyges，原名相同，只是译法不同）躲在旁边看她的裸体，说"人们总不会像相信眼睛那样地相信耳朵的"，说他"要把这件事安排得要她根本不知道你曾经见过她"。在国王的安排下，巨吉斯看到了王后那美丽的裸体，但他却还是被王后看到了自己。或者他不是无意而是有意让她看见自己，如果这样的话，那他一定是最有心计且最大胆的一个冒险家了。在当时的非希腊人中间，被人看见裸体被认为是一种奇耻大辱，王后因此要复仇，于是让巨吉斯选择，或者是杀死她的丈夫而取得王位，或者是他自己被杀死。这个结果可想而知。后来他杀了国王，自己当了国王。这里同样涉及一个人性的问题。

二、高贵的谎言（四一四B—四一五D）。据苏格拉底说，这是一个古老的传说，人们实际上都是在地球深处被孕育的，地球是他们共同的母亲，把他们抚养大了，送他们到世界上来。所以他们一定要把他们出生的土地看作母亲，卫国保乡，像亲兄弟一样的，就像一个政治共同体。他们虽然一土所生，但老天铸造他们的时候，是有差别的。有些人的身上加入了黄金的成分，是统治者，有些人的身上则加入了白银，是保家卫国的武士，有些人的身上加入铜和铁，是农民以及其他技工。也就是说人是有差别的，他们应当各干自己的本行，各尽所能。

当然过程是复杂的，有时不免有金父生银子、银父生金子的事发生，这是复杂的。人是有差别的，但这又不能说破，因而就强调他们的共同性而不说他们的差别性。像孟子就有这样的名言"劳心者治人，劳力者治于人"，劳力和劳心是不一样的。是不是应该让老百姓知道这件事？这对统治者来说就是一个难题了，公开性到底到一个什么程度？所以苏格拉底希望，如果不能使所有人都相信的话，至少也使一个社会的多数人相信，使被统治者相信这个"高贵的谎言"。

以上"谎言"为何又说是"高贵的"？甚至它是不是一个"谎言"？还是它恰恰承认人性的某种真实只是一个"言辞上的谎言"？除此之外，还有其他政治上的谎言，是不是可以对被统治者说谎？或者说不让他们看见政治的真相？如果有时不得不欺瞒，那么赞成对被统治者使用谎言的理由是什么，是民众的愚昧或一时无知，而政治是紧迫的事情？还是有些真理是民众永远理解不了的？如此统治——包括有些事情不告诉他们，甚至欺骗他们——实际上是对他们好，符合他们的长远利益？政治是否必须完全真实，绝不能够欺瞒民众？谎言会不会有时还是一种药物甚至良药？如果退后一步，承认在某些特殊情况下可以使用谎言？那么，又是在什么情况下可以使用谎言？

柏拉图看来更倾向于把灵魂的无知看作是真实的谎言，但群众所犯的这种病症又无法用真理来医治，相反还可能得用"谎言"作为药物——但仅仅是作为一种安慰剂。即便普通民众达不到最高的哲学沉思的真理，是否他们还是能普遍地达到政治的清明见解，形成政治的共识？这同样是对政治严重的挑战。第二个隐喻所要表达的，就是统治者要不要说出，或者说让被统治者"看见"全部的真相。

三、洞穴之喻（五一四A一五二一B）。简单来说就是在一个深的洞穴中，有一个长通道通向外面，有一些微光照进来。有一些人从小就住在这洞穴里，头颈和腿脚都绑着，不能走动也不能转头，只能向前看着洞穴石壁。他们只能看见背后火光照射到洞壁上的晃来晃去的物件的阴影，他们在讲自己所看到的阴影时以为是在讲真物本身。然而，如果他们自始就这样生活，并不像外人所想象的那么不幸，或者说并不强烈地感觉到他们的痛苦。他们还以为生活就是如此，世界就是这一片天地呢。

这时有一个被解除桎梏的人，甚至可以说是"被迫"突然站了起来。他转头环视，走动，抬头看见火光，原来我们看到的只是影子，是火光照射出来的。不仅如此，他还走出洞穴见到了外面的阳光，还看到了洞外的事物和照亮这一切的太阳。一方面，他狂喜，因为他不仅看到了广阔真实的世界，他看到了真理；另一方面，他开始考虑要不要回到洞穴，把所有的同伴都带出洞穴。

这里是有一个挑战的，这时他还愿意甚至能够返回洞穴吗？这种回归之难，也许比一个人走出洞穴更难。当然柏拉图在这个隐喻里面，是把哲学家比喻成这样一群人，能够走出洞穴，克服固执的偏见，可以看见真理的一群人。这里存在一个"哲学家王"的概念。他要不要回去做民众之"王"？他能不能把所有人一起带出洞穴，或者要考虑民众或许会被外面的光亮所灼伤？这里又是一个少数和多数的问题。我们很多人都是有惰性的，习惯了很多已经习惯了的东西，不愿意做改变。因为改变是需要付出很多代价的。这里需要的是很大的一个智慧的能力。苏格拉底曾经说过，思想者就是通过"潜水"能发现水里的珠贝，但其他人是不是也是这样呢？他回不回去，这是一个问题。所以哲学家王，是不是可行？是不是可欲？

所以，这里有一个对于民主的反思在里面。波普尔将对封闭社会和专制主义的批判追溯到柏拉图，也许是过于提高警惕了。在苏格拉底这里的确是考虑政治和人的差别的，因为他强调知识就是德性，而人不一定都能得到恰当的知识或接受真理。那么，一个看来合理的思路是，既然很多其他事情都是各得其所，各尽所能，根据个人的特质分工合作，但是在政治这件更为重要的事上，为什么就不能实行专家治国、精英统治呢？为什么不由最有智慧、最有政治才干的人来执行统治呢？你们可以想想怎样来反驳这个理由，在现代民主政治前提下你会提出怎样的反驳？

四、厄洛斯的传奇（六一四B—六二一D）。苏格拉底在《理想国》最后一卷谈到过去有个叫厄洛斯的勇士死后复活的故事，复活后他讲述了自己在另一个世界所看到的情景。首先是死后审判；正义者升天，不正义者入地狱，各自受十倍的报应或报偿。然而，在过完一千年之后，天上地下的鬼魂还可以再一次选择投生。它的意思是，幸福不只是要考虑到此世，还要考虑到彼世和永恒。而对一个相信与否的人来说，这对他的此生影响是很不一样的。灵魂究竟是不是永恒的？这就要落实到个人，又回到了个人的至善和幸福中了。

政治有必要考虑到人性的前提。这涉及政治理论的普遍人性论前提，涉及政治法律秩序的必要性。当然，极端的政治权力也在某种程度上意味着隐身——不受监督，不被惩罚，不再处在"众目睽睽"之下。而像格劳孔说的设立政治社会契约，他的本意是希望权力"被看见"，可以监督所有人。这是第一个隐喻，这是政治的起点。第二个"高贵的谎言"的隐喻是说统治者要让民众看见什么，是看见一切还是只是一部分，甚至是否可以制造假象。前面指的是所有人的共同人性，那么第二个隐喻里面就涉及人性的差别。也许在现在的统治者看来正是由于人性的差别，所以不能让所有人知道所有的情况。第三个"洞穴之喻"是最高的，最理想的。这就是说让最有智慧的人来治理国家。但是不是所有人都能够看到事物的本质，他要不要以及能不能回到洞穴，这涉及政治秩序的最高理想的可能性问题，是在最高点上展示哲学与政治的分歧和冲突，或者说是智慧和政治的冲突。第四个"厄洛斯"的隐喻是讲人如能"看见"死后和永生会对人生有何影响。一个正义者能否得到最后的幸福？或者说正义和幸福是否能结为一体，如此也才有完善，有至善。像康德是近代启蒙理性的代表，但是他还是保留上帝的地位。因为如此，德福才能一体。我们现在社会中确实可以看到不少不正义者走运，或正义者面临悲惨的情况，但这可能只是局部的，还有一种永恒的记忆，还有永生，在那里善恶祸福是不同的。

在这四个隐喻中，前两个涉及是否"被看见"和"让看见"，是感性的、具体的甚至身体的，后两个"看见"则是精神的、心灵的。这种"看见"不只是经验的或是理性的，比如说是直觉的、神秘的洞见。这种"看见"对"政治"有何影响？理性与感性如何结合？灵与肉能否结为一体？哲学家能否为王？理想国能否实现？而柏拉图想说的也许是只有极少数哲学家才有可能"看见"真理，拥有政治智慧，故可以设想一个理想国。但又因为不是所有人都能"看见"真理——甚至多数人永远都看不见真理，甚至强使去"看"会灼伤他们。也许还因为任何人若不被"看见"（不受监督，包括哲学家本人）都可能腐败，故最理想的国家并不能够实现，人只能满足于一种次一等的国家，法律统治的国家，即法治国。所以我们或许可以通过《理想国》来消除政治上的幻想，远离多种政治完美主义或者乌托邦主义。

如果我们最后做个总结的话，其实《理想国》想要告诉我们的恰恰是不可能有十全十美的理想国。如果说理论上最好的理想国都不可能实现，那其他的就更不可能了。也就是说连最智慧者治国都不可能，那其他的理想国也就更不可能了。那是不是就是这样呢？这个结论需要大家自己来做出。很多的解读都不一样，而对于种种理想国的限制，最基本的是来自人的共同性。所有的人都不是天使，但也不是魔鬼，当然也不是野兽。人是一种中间的存在，在书里给的是一个中间向上的存在。这是人的共性，人也有差别性。人是千差万别的，没有两个相同的追求，就像没有两片完全相同的叶子。我们看柏拉图"哲学家王"的统治。他首先受到的是人性共同性的限制，比如这个哲学家王可能是最智慧的，但他不一定是最善良的。还有，如果一个大权在握者既不智慧也不善良，那是不是很可怕呢？我们退后一步，即便他是最智慧又最善良的，那给他绝对的权力，久而久之他会不会"变质"？怎么去防范这种"变质"呢？第二种限制是人性差别性的限制。我们假设这个哲学家王，不仅是最智慧的，还是最善良的，甚至还是始终能够保持智慧和善良的。但他能不能够让和他共处一个社会的人都像他这样智慧和善良？能否都达到这样一个高度？如果不能，他应该用怎样的一种方式去统治？用欺瞒还是用"高贵的谎言"还是通过暴力的手段？即便这种暴力开始是局部的、暂时的，对一部分人而言的，但它会不会蔓延？所以，我们要对政治的完美主义抱有警惕。我这里的政治的完美主义指的是通过政治的手段、权力的手段、强制的手段，甚至国家机器来实现社会的完美、人的完美。这并不影响我们个人对于美、善的无限的追求，包括对一个较好的社会的追求，这需要我们不断地努力，也需要我们保持耐心。

在漫长时段中思考世界的未来

　　斯坦福大学历史学和古典文学教授伊恩·莫里斯所著《西方将主宰多久：东方为什么会落后，西方为什么能崛起？》，如果按照原文直译是《为什么现在是西方支配：历史的类型，以及它们对未来揭示了什么？》。而目前的中译书名和有的推荐语似有误导之嫌。他对历史类型的思考主要是在东方与西方的框架中展开。他认为，近代以来的世界的确是西方主导，但并不是从来如此。观察比这更久远的历史，东方——特别是中国也曾在世界文明中居于先列，超过当时的西方，比如唐的兴盛。但作者的这一观点并不是全新的见解，西方近代启蒙的一些哲人，也曾认为中国是当时世界上最先进的国家。当代一些西方学者，也有认为中国直到十九世纪在经济上还超过西方的观点。倒是他特创的、衡量不同时间和空间的东西方文明的社会发展程度的"社会发展指数"，是这方面比较有新意的，但也还需要验证。

　　在我看来，这本书真正值得注意的特点主要

有两点，首先，作者所持的漫长时段的观点，即不是近数千年的人类文明史，而是人类形成后近数万年的历史。从这一漫长时段的观点来看，不仅要考虑人的社会因素，还要考虑人的生物因素和地理因素。而这后两种因素不仅影响到人类的早期，也深深影响到后来的历史，乃至将深深影响到未来。其次，恰恰由于是从这种漫长时段的观点来考虑问题，作者最为关心或忧心的还不是东方与西方的消长关系，而是人类，甚至毋宁说是世界的未来。因为不仅在文明史前期东方和西方的区分不重要，在人类进入现代社会全球一体化之后，这种区分也不是那么重要了。

作者在谈到世界的未来时，认为是有多种可能性的：也许西方还会继续主导世界好几代，乃至东方会被西方化；也许东方或中国迅速地走到前列，甚至西方将被东方化；也许我们会共同生活在地球村里，或者陷入文明的冲突里，甚至在新的世界大战中灰飞烟灭。而有一点似乎是肯定的：社会发展变化的速度将越来越快，将更加让人觉得变化莫测。甚至原有形态的人类的存在都可能打上问号，就像他所引的库兹韦尔所认为的，或许到二〇四五年左右，计算机就能够解析世界上的所有思想，从而有效地将碳基生物和硅基生物融合成一个单一的全球意识。这就是奇点——我们将超越于生物之上，进化成一个比人类更为先进的全新物种。人类和计算机的结合也许只是人工智能彻底代替人类的一个短暂的过渡阶段，正如人类代替了早期的猿人一样。

在作者看来，或许这个奇点会使"东方"和"西方"这两个存在了一万年的概念变得毫无意义。人类和机器的结合意味着出现了新的获取和使用能源的方式、共处方式、沟通方式、工作方式、思考方式、关爱方式以及微笑方式，也意味着新的出生方式、衰老方式以及死亡方式，甚至还意味着所有这些事情的终止以及我们大脑所不能想象的新世界的诞生。这可能就像人类历史上从狩猎采集者到农民的转化、从村庄到城市的转化、从农业到工业的转化一样不可避免。自冰河时期末期以来，从原先的农业核心发展出来的地区传统注定要融合成一个单一的后人类世界文化。如此看来，二十一世纪早期人们对西方的统治以及这种统治是否会继续的担忧就会显得有一点滑稽。同样，人们对东方即将取代西方占据主导地位的自信也可能会显得有一点滑稽。

这样，按照作者的观点，就像地理决定了西方得以统治世界那样，它也决定了东方会利用后发优势赶上西方，直到它的社会发展超过西方。但在这里，我们又遇到了另一个具有讽刺意味的情况。社会的不断发展总是改变着地理的意义，并且到了二十一世纪，当社会发展达到一定程度时，地理就会变得毫无意义。关于世界上的哪个国家具有最高的社会发展程度这个问题将变得越来越不重要。回答本书的第一个问题（为什么西方现在得以统治世界）在很大程度上也就回答了第二个问题（未来将发生什么），但是，回答了第二个问题将使得第一个问题失去重要性。于是，作者告诉我们，真正有重要意义的历史不是关于西方，不是关于东方，也不是关于人类。真正重要的历史是关于进化和全球化，这种历史展示我们是如何从单细胞生物走向奇点的。

价值观缘何而来？

——《人类的演变：采集者、农夫与大工业时代》中文版序

　　美国斯坦福大学教授莫里斯的新书《人类的演变：采集者、农夫与大工业时代》（原名为：*Foragers, Farmers, and Fossil Fuels: How Human Values Evolve*，即《觅食者、农夫与化石燃料：人类价值观如何演变》），是以他二〇一二年年末在普林斯顿大学人类价值观研究中心的坦纳讲座的演讲，以及四位评论人的评论和他的回应为基础结集而成。此书围绕的是莫里斯提出的一个中心观点，即他认为在人类过去两万年的历史中，人类的价值观经历了三个大致交替出现的体系。与每一种价值观相关联的是一种特定的社会组织形式，而每一种组织形式又是人类从周遭世界获取能量的特定方式决定的。

　　这三个价值体系就是书名用押头韵所示的三个采集觅食者、农夫和化石燃料使用者（Foragers, Farmers and Fossil Fuels）的价值观体系，它们其实也可以说就是相当于狩猎采集社会、农业社会和工业社会这三种不同的价值观体系——莫里斯有

时借用盖尔纳的说法把农业社会称为"阿格拉里亚"（Agraria），把工业社会称为"因达斯特里亚"（Industria）。

莫里斯认为，第一种"觅食价值观"体系，因为与它相关的社会主要通过采集野生植物和狩猎野生动物来维持生计，是很小规模的群体且流动性很大，故而觅食者倾向于看重平等，也比较能够容忍暴力。不过他认为十九世纪有关觅食者实行"原始共产主义"，所有物资全部归公的观念是错误的。第二种是"农业价值观"体系，因为与它相关的社会主要靠经过驯化的动物和植物来维持生计，务农者倾向于更看重等级制度而非平等，不大能容忍暴力，所以往往建立大的等级社会的国家以保障定居者和平的休养生息。第三种是"化石燃料价值观"体系，它所关联的社会主要通过钻取已经转变为煤、气和油的动植物化石能量来增加现存动植物的能量，故而化石燃料使用者倾向于看重大多数类型的平等而非等级制度，且特别不能容忍暴力。

价值观念众多且纷纭复杂，莫里斯说他只能在价值观的诸多因素中选取两个他认为特别重要的因素，即对待平等与暴力的态度，主要以这两点来标示三种不同价值观的差异。他不回避对他的观点可能遇到的批评和定性，诸如简化论、本质论、唯物论、实用主义，等等，甚至坦承自己就是持这样的观点，只要在一个适度的范围内，这样的观点并不是不正确的，或者至少说是不可避免的——比如说任何学者都不可能完全避免某种程度上的本质论和简化论。

这的确使熟悉马克思唯物史观的人们很容易想起生产力决定生产关系，生产关系或经济基础决定上层建筑和意识形态的观点，但这里是某种生产力——觅取能量的方式——直接决定价值观念，他自然也不会引出阶级斗争的观点，勿论无产阶级专政。相反，他是相当赞成今天发达的"化石燃料使用者社会"的主流思想的，赞成社会合作与自由市场，或者如书中一个评论者西福德所说，赞成一种"资本主义的意识形态"。更确切地说，毋宁说他是赞成一种"与时俱进"、因需而变的价值观。如果他生活在过去的社会，他也会接受过去社会的主流价值体系。这倒也是为现代人比较平心静气地看待、理解和同情地解释过去的价值观开辟了一条道路。他的历史观和价值观后面的哲学是一种功利主义或效益主义，这也可以为同情地理解大多数人的价值观念，预防少数人的浪漫政治思想逾越界限而伤及社会提供一个恰当的基础。

莫里斯的观点简单明快，而且的确抓住了人类存在的基本事实——人必须获得物质能量才能生存下去，而且获得的能量较多才能繁荣，才能发展起一套精致甚至奢华的文化。而且，他对未来虽然也有展望，但没有一套乌托邦的社会理想，未来是开放的，有几种可能，包括由碳基生物变为硅基生物的可能，也有核战争的可能。

莫里斯的"价值观三段论"既有一种简化的锋利性，又包含着许多生命的常识，这些常识是拒斥书斋里产生的"意识形态"的。但这里有两个问题：

第一，人类的价值观的形成是相当复杂的，即便承认人们获取能量的方式与他们的价值观念之间有某种最初的决定关系，在两者之间还是存在着许多中介的，比如经济关系和政治制度，它们可能对人们的价值观的形成有更直接的作用，还有价值观念和其他观念本身的相互作用，包括这些观念对获取能量方式的反作用，等等。

比如说，有时价值观对一个社会的物质能量获取方式甚至能起一种定向的作用，有些文明社会（比如经济一度走在世界前列的中国明清时代的社会）之所以迟迟未进入一种发达的市场和工业社会，正是因为上层主流价值追求的"志不在此"起了很大的作用。

从最长远的观点、最根本的因素来看，莫里斯的观点也许能够解释某些根本的共性，人只有吃饭才能生存，只有有丰富的多余产品才能发展。但不容易解释一代代活着的人们所面对的生存和社会环境的多样性，而活着的人们要对付的却主要是自己的特殊性，那些共性由于太一般甚至是基本可以忽略不计的。

第二个问题则涉及价值观念的恒久性，在变化的价值观念中有没有一些不变的核心价值，莫里斯的确提到了几种，比如"待人公平，行事公正，爱憎分明，防患未然，敬畏神明"等。但他倾向于认为这是人类生物演化的结果，乃至是人和动物共有的。当然，人类和动物不一样的地方是人同时也进行着文化演化，但他还是坚持我们关于何为正直的选择在很大程度上受制于我们如何从周遭世界获取能量。在每一个阶段，能量获取的模式决定了人口规模和密度，这些又反过来，在很大程度上决定了哪些社会组织形态的效果最佳，继而又使得某些价值观体系相对更成功、更受欢迎。每一个时代的观念其实都是"得其所需"。

莫里斯的分析数据常常是饶有趣味、引人入胜的。他谈到觅食者并未刻意改变开发资源的基因库。农夫由于其最重要的能量来源是已经驯化的动物和植物，他们就刻意改变了所开发资源的基因库。在觅食社会，每平方英里土地通常只能支撑一人的生存，如果环境恶劣，这一比例可能会降低到每十平方英里养活一个人。但是，农业社会的人口密度往往会超过每平方英里十人。道德体系要满足能量获取的要求，对于能量获取介于一万到三万千卡／人／天之间的（农业）社会，最重要的要求之一便是接受政治和经济的不平等。觅食者的暴力死亡率超过百分之十，而农夫的这一比率接近百分之五，有时还要低得多。农夫只有在等级森严、在某种程度上恢复了和平的世界里才能幸存，他们因此重视等级与和平。在工业化程度最高的西方经济体，人均能量获取增长了七倍，从一八〇〇年前后的约三万八千千卡／人／天，大增到二十世纪七十年代的二十三万千卡／人／天。如今，全球平均每平方公里的土地上居住着四十五人，也就是说世界上宜居部分的人口密度高达一百人／平方公里。而农业社会的典型人口密度三十多人／平方公里，二〇〇〇年，人类的身高平均比一九〇〇年他们的曾祖父母高十厘米，寿命长了三十年，扣除物价因素后的收入高出了五倍。

　　和《21世纪资本论》的作者皮凯蒂的观点有些不同，在莫里斯看来，从二〇〇二年以来，不管以任何方式来衡量，全球基尼系数都是下降的。虽然数据略有不同，但他和《人性中的善良天使：暴力为什么会减少》的作者斯蒂芬·平克的观点却是一致的，即人类进入工业社会以后在减少暴力方面取得了巨大进步：一九〇〇年至二〇〇〇年间死于暴力的人数为一亿至两亿，仅占那段时期在世上生活的　百亿人的百分之一到百分之二。化石燃料的二十世纪比觅食者的世界要安全十倍，比农夫的世界也要安全二到三倍。自一九八九年以来，战争（国际战争和内战）的数量直线下降，全世界百分之九十五的核弹头已被销毁，暴力犯罪率暴降，据世界卫生组织统计，全球的暴力致死率已经下降到百分之零点七。

也就是说，伴随着三个阶段的人们对暴力态度的价值观的变化，即从觅食者的比较能容忍暴力，到农夫的不大能容忍暴力，再到化石燃料使用者的特别不能容忍暴力，这三个阶段的变化是一段比较平滑的曲线。而平等的情况则有起伏，是从觅食者的相当平等，到农夫的比较能接受不平等，再到化石燃料使用者的特别要求平等。在觅食者时代，平等只是存在于小范围的群体里。农业社会在生产力有了一定发展，又还不是那么发达的生产力的条件下，要面对一个大规模的政治社会，很难不采取一种容有等级差别的制度。但人类发展到工业社会阶段，范围趋于全球化，则又是相当平等的了，即便国与国之间还不一样，还是有人权平等的普遍要求。莫里斯认为，化石燃料人群生活在规模更大、密度更高的社群中，他们往往认为政治和性别等级都很邪恶，暴力简直就是罪恶，但他们对财富等级的容忍度一般高于觅食者而低于农夫。因此，莫里斯虽然从能量获取者在不同阶段的社会组织规模、流动性等方面对能量获取方式如何决定了这些不同的价值做出了说明，但所提供的因果证据的确还不是很充分。他对人们的价值观念体系中是否还存在着与动物有本质差别的人之为人的特性成分，是否还存在着一些不变的、非物质需求所能决定的成分的观点也还是可以质疑的。

所以，我以为，在对其观点进行评论的四位著名学者（英国埃克塞特大学的古希腊文学教授西福德、哈佛大学哲学教授科尔斯戈德、耶鲁大学历史教授史景迁和一位文学家玛格丽特·阿特伍德）中，科尔斯戈德的评论是最富于挑战性的。她发现一种真实道德价值观与成文价值观之间的差别，说这可以看作是永恒的价值观与事实上只有特定时空的人们支持的价值观之间的差别。莫里斯的观点之所以会引发成文价值观和真实道德价值观之间关系的问题，原因之一是，他认为成文价值观在一定程度上是由生物演化造就的，从而引发了真实道德价值观是否也是如此造就的问题。如果想要让成文价值观能够支持不同的能量获取方式所必需的各种社会组织形式，人们必须认定他们的成文价值观就是真实的道德价值观，即他们必须信服，乃至信仰其价值观的正当性和真理性，乃至某种永恒不变性，他们才会有效地履行这一价值观。价值判断能力在本质上与我们规范性或评价性地看待自我的能力相关，而这种自我评价的能力是其他动物所不具备的。这种规范性地看待自我的能力可能就是我们之所以能够进行价值判断的根源，虽然它也同样可能被"意识形态"扭曲，引发一整套独属于人类的弊病和错误观念。因此，科尔斯戈德不认为人们的价值观是由人们的能量获取方式塑造的，而是人类的价值判断能力天然地倾向于依附真实道德价值观，只不过这种倾向非常脆弱，极易受到扭曲。或许我们应该认为，随着农业时代的来临，人类开始能够积聚权力和财产，各种意识形态也开始产生，它们扭曲了真实道德价值观——直到现在，人类已经进入科学和普及教育的时代，我们才开始慢慢克服这种扭曲。

莫里斯的回应是，他不赞同科尔斯戈德所说的"其他动物不具备规范性地看待自我的能力"的观点，也不相信有任何真实道德价值观存在。他认为现代人类代表了一个谱系的一端，而不是在本质上不同于其他所有动物。科尔斯戈德断言平等主义与和平主义是人类的缺省设置，是有些过头的本质先于存在论。人类价值观的确只能由人类所持有，但如果人类无法从环境中获取能量，他们就根本不可能持有任何价值观，即如诗人奥登所说"先填饱肚子，再谈论道德"。就算是经过最无懈可击的推理得出了脱离任何背景的、放之四海而皆准的真实道德价值观，也必须以某种形式的能量获取为前提。真实人类的价值观其实就是成文价值观，从头到尾，我们讨论的都是成文价值观，而成文价值观就是由我们从世界获取能量的方式所塑造的。

因此，莫里斯说，他怀疑大多数人在面对出生在农业世界而非化石燃料世界这种可能性时，或许不会选择罗尔斯谨慎指点的平等主义方向。最佳选择或许是更有保留地承诺秉持一整套更粗糙、也更易操作的价值观，那自然是经过生物演化的核心价值观，包括公平、爱、同情等，但让不同时代的人们自己来决定如何对这些价值观进行最佳解读才能远离饥饿和暴力。所以，永恒价值观根本就不存在。要是进入的是中世纪，那么秉持封建等级观念的人们会兴旺昌盛，而平等主义者则不会。今天的人们不会赞同封建观念，但与其说是这些观念不正确，不如说是这些观念过时了。

在我看来，莫里斯的回应虽然有他一向直率和坦诚的特点，但在表达和论证上还是过于强势和绝对了。他可能还是低估了人与动物的差别性，价值观念的复杂性和精神性，也没有看到人的价值观念自有其独立于物质需求和功利效用的意义。即便价值观要充分有效地履行，也必须有人们对它的信，即信其为真，乃至信其为普遍和永恒的真，虽然这信并不能保证价值观的内容就一定是真。但在一些最基本的价值规范中一定还是有其客观普遍的真的——比如说无论如何，都应该尊重生命，不杀害无辜。我想，对这一基本价值的普遍性，估计莫里斯也不会反对。他对获取物质能量方式的重视，对反对暴力的肯定，就实际表明他还是肯定了在"均富"之先的保存生命的普遍道德原则。所以，他似乎没有必要否定平等，即便在比工业社会更早的时代，平等更多的是体现为平等的生存权利而非平等的财富权利，也没有必要否定存在着真实乃至永恒的基本价值——保存生命。在这一基本点上，莫里斯和他的评论者其实是可以达成一致的。

无论如何，莫里斯的这本新书是富有意义的。莫里斯努力在最低的和最高的、最物质的和最精神的、最基本的和最高超之间建立一种联系——虽然将其处理为一种直接的决定性联系肯定会有不少问题——但这种努力是非常可贵的。而且，这也是在高超理论与意识形态面前捍卫基本常识，有助于防止那种过于强调精神力量、浪漫的唯意志论在变成一种政治意识形态之后给人类造成的巨大灾难。他的观点也为现代人理解乃至宽容过去时代的价值观，至少是比较平心静气地对待它们，提供了一种解释的基础。

俯身向人

现在已经很少有书能够迅速将一个读者带入一种深沉的情感，但查尔斯·马什的《陌生的荣耀：朋霍费尔的一生》却是这样的一种书。这当然首先和书的主题，和传主有关。朋霍费尔（一九〇六至一九四五）短暂的一生思想深沉高贵，行为大义凛然。他很小就仰慕上帝，凝思永恒。他的天赋极高，教养很好，学业优秀，前程远大，本来是可以成为学院中一位非常杰出的神学教授和学术大师的，却不幸劈头遭遇了二十世纪上半叶欧洲惨烈的"流血政治"——第二次世界大战，尤其是德国纳粹的残酷压迫，从而激发了他的精神斗志。他试图以其微薄之力阻止时代的狂潮，乃至参加了刺杀希特勒的密谋等直接行动。一九四三年四月被捕入狱后，他又在狱中写下了大量思想深邃的书简，最后在"二战"结束前夕从容赴死。

作者、弗吉尼亚大学教授马什以丰富的事实和冷静的笔触给我们描绘了一幅朋霍费尔栩栩如生的画像。朋霍费尔从小生活的家庭环境是相当优越的，也富有人文气息。他父系的家族十六世纪初从荷兰迁往德国，三百多年后这个家族在德国已取得很大成就，其成员在法律、医学和宗教界取得了很高的地位。这除了才华的原因，大概还有干劲。朋霍费尔的祖父是位法官，他坚持认为，六十公里以内的旅程采用步行方式更好。其父亲卡尔则是位著名的医学权威，做过柏林弗里德里希-威廉大学的讲席教授和医院院长。父亲也继承了祖父的严谨个性，对孩子并不亲昵，但责任感很强。延伸到孩子们，家庭的男性可能大多有这个特点，即对他人行为的动机"较少出于对这个人的爱，而更多是出于作为自己存在之本质的责任感的需要"。

朋霍费尔的母亲则是贵族出身，开朗自信，感情深沉，但也并不轻易外露。她和丈夫都不为时髦的"家长要做孩子的亲密朋友"之类的建议所动。他们不体罚孩子，如果孩子对某项决定有疑问，会鼓励他解释自己的观点——然后严格照着做。虽然母亲比父亲平易近人，但她也有不可忽视的权威。那时上层家庭的教育还是颇为老派的。

朋霍费尔六岁的时候，父亲到柏林的大学任教，后来购置了一栋三层楼的帝国创建期风格的大宅子，既能享受都市的便利，又可满足乡村生活的风味，同一条林荫道的两边住着科学家、政治家、学者、制片人和电影明星，他们及其孩子在社区的社交活动中打成一片。朋霍费尔家里的仆从好像一支小军队——女仆、管家、一名厨师和一名花匠，大孩子们各人有一名女家庭教师，小孩子们有保育员。朋霍费尔的绝大多数物质方面的愿望都得到了满足。甚至到了成年的时候，有些生活习惯还显示出某种自小的优越，比如他在外地的时候，衣服脏了，邮寄到家里去洗涤，然后再邮回来。

那个时代看来也还是一个优越者较多生育、繁衍后裔的时代。朋霍费尔的母亲在十年时间里就生下了八个孩子，且正好四男四女。朋霍费尔排行第六，上面有三个哥哥，两个姐姐，下面还有与他是双胞胎的妹妹和另一个妹妹。这些孩子个个天赋出众。大哥卡尔·弗里德里希生于一八九九年，他极其轻松地就掌握了复杂的科学。次年出生的二哥沃尔特后来成为才华横溢的青年作家和博物学家。生于一九〇一年的克劳斯是与朋霍费尔年龄最接近的兄弟，兼具自由精神和敏锐的分析思维，后来成为著名的法律专家。他的几个姐妹也都成绩优异，获得学位。

然而，这些孩子生在新旧世纪之交，就承担了二十世纪的命运。他们有一个幸福的童年，却有一个不幸的成年。他们生活的是一个文化兴盛的年代，但却也是一个由盛转衰的时代。他们拥有一个稳定和谐的家庭，却并不拥有一个稳定和谐的世界。一九一八年，大哥与二哥都参加了军队，两人都受了伤，而二哥伤重不治。大哥回来成了社会主义者。三哥则属于魏玛自由派，后来也因反对希特勒被处死。二姐夫亦因参加秘密抵抗组织而被捕。胞妹则因嫁给了一个犹太人而被迫全家偷偷逃离德国。

当然，除了共同的命运，朋霍费尔一开始就呈现出他个人的一些强烈特点——他喜欢孤独。很小的时候，他有时候就会"藏到玫瑰花棚和院子边缘之间、杂草丛生的一个小花园里。保姆站在走廊上反复喊他吃饭，迪特里希完全没反应。他丝毫不顾热浪和不断昏暗的光线，一个人待在花园里的隐秘处，心满意足"。在意大利与他哥哥克劳斯一起游历的时候，"有一次，克劳斯在晚祷的时候走进一间小礼拜堂，尽快退了出来。而迪特里希则是退入到晚祷中的小礼拜堂，全神贯注地倾听圣咏的每一步节奏"。同时，他又强烈地希望总是在学校争取第一。

二哥沃尔特死后不久，朋霍费尔就宣布他已经决定要成为一名神学家。他那时还只有十三岁，此后他对他选择这条道路的正确性就再也没有过丝毫的怀疑。其实他的音乐天赋也很高，视读能力极强，家里人还谈论过他是否要以钢琴演奏为业。他的确在许多方面的学业成绩都是很优秀的。十七岁的时候，他就申请参加高考，几乎在所有科目上都得了高分。他还流利地掌握了三门古典语言：希腊语、拉丁语和希伯来语。在欧洲主要语言方面，除了德语，他还通晓意大利语、西班牙语和英语。他在西班牙、美国和英国都长期学习或实习和工作过，也多次游历意大利等地。

朋霍费尔在就读图宾根神学院期间，不仅在学术上成绩优异，同时还有时间以令人艳羡的轻松方式从事音乐和体育活动。他不仅对高度专业化的系统神学课题产生了巨大的兴趣，也相当轻松地跨专业阅读哲学、社会理论和心理学。"不过，他在其间来去最自由的学科，还是在家里餐桌上的讨论，与父亲、兄弟姐妹和姻亲们，甚至格伦沃德的邻居们在日常中的谈话；他们是些医学和自然科学家、法理学家、哲学家和神学家——柏林学术精英日常谈话的所有科目。"

一九二八年二月，朋霍费尔受邀去西班牙担任巴塞罗那德国教会的助理牧师。在那里的工作中，他再次展现了他在学业中的过人才华。这种才华常常让其他人深刻地意识到自己的才能是多么有限，甚至有可能冒犯他人。作者写道："正如朋霍费尔对自己的阶级出身并不羞愧，他也不会故意贬低自己与生俱来的天赋。不过，他也不会夸大。后来，随着骄傲的罪成为他一生不断的挣扎，他逐渐学会克制自己，以使他人觉得舒服一些。不过，他绝不会否认出身带来的优点，或者假装已经超越了那些。他会坚持说，那是一种贵族的自信，帮助他看穿宣传的伎俩，并拒绝沦于平庸。"

一九三〇年九月，朋霍费尔接受纽约协和神学院的博士后研究岗邀请前往美国。在那里，他阅读了大部分的威廉·詹姆斯著作，以及杜威、罗素、怀特海、桑塔亚那等人的主要著作。但影响他最大的还是可能正在写作自己的名著《道德的人与不道德的社会》的莱因霍尔德·尼布尔。后来在一九三九年夏天，当朋霍费尔发现自己处于命运十字路口的时候，也正是尼布尔邀请他到纽约避难。有意思的是，这个拥有两个博士学位的柏林人，在当代思想资源上受到的最大影响，却是来自两个没有获得博士学位的人，一个是尼布尔，另一个则是瑞士神学家巴特。

但是，随着二十世纪三十年代初期希特勒的崛起，社会掀起了狂潮。朋霍费尔的生命开始进入一个与希特勒相冲突的轨道。一九三三年一月，柏林的大学生们在午夜时分跑到广场，用排山倒海的"希特勒万岁！"向这位新任帝国总理致敬。五月十日，夏季学期开学的头一天，学生和教授们加入歌剧广场举办的篝火晚会。集会者将数百本从图书馆、犹太会堂和教会没收来的书投入大火。年轻的大学生们充当了愚昧和野蛮的先锋。

到一九三三年年底，柏林大学神学系百分之九十以上的学生都加入了国家社会主义工人党。朋霍费尔的大多数同事都在翻领上别了铜质的纳粹徽章。系主任希伯格——朋霍费尔的博士论文《圣徒相通》的导师的儿子——在林登路这座灰色城堡的前门挂上了一面卐字旗。党员身份和对党的忠诚成为在神学系获得教职的决定性因素。德国大学里一些很少数的反对者被剥夺了教席。

极权主义就等于独裁者和大众的结合。有鉴于此，我们就能理解为什么朋霍费尔在一九四三年入狱前写下的《十年之后》一文中那样推崇品质而不是数量。他的反战和反纳粹的思想的发展的确也有一个过程，年轻的时候他也说过赞许德国民族爱国主义和战争的话。他在巴塞罗那担任助理牧师时，还曾热情洋溢地谈到鲜血、土地、祖国以及向旧式日耳曼战神效忠等。甚至在一九三六年柏林奥运会期间，尽管他厌恶政府明显操纵奥运形象的做法，也还是忍不住对奥运会本身感到发自内心的激动。即便到了他反纳粹立场和反战思想确定之后，他也有过犹豫和动摇。比如他没有应一个犹太基督徒之邀去主持葬礼，这一拒绝带来的羞愧和内疚感一直持续到他死的时候。他也明确地表示，任何想要驱除犹太基督徒的人，也就是想要驱除基督。比巴特更进一步，他甚至主张同与纳粹合作的德国国家教会完全决裂。

客观上或许是一个缓冲。一九三三年九月，朋霍费尔到伦敦东郊工作了一年半，担任这里的两个德国教会的主任牧师，并致力于推进普世教会的工作。之后，他又回到了德国，在柏林西北一百公里处的芬肯沃德主持一间不与纳粹合作的小型神学院，过一种紧密的团契的生活，写下了《做门徒的代价》和《团契生活》。朋霍费尔后来告诉家人说，这个共同体生活的实验是他一生中最快乐和丰富的时间。他和支持这家神学院的克莱斯特·雷佐从一开始就觉得有一种亲密感。他很赞赏她作为一个普鲁士贵族的鉴别力、真诚以及强烈的独立性。与朋霍费尔的母亲和许多其他德国贵族一样，克莱斯特·雷佐看穿了新政权的诡计，并认识到"其根子里的败坏"。然而，她唯一的女儿在柏林读书期间却成了狂热的反闪族分子，她的女婿和四个外孙也都死在了俄国前线。

时局日趋严酷，这家神学院后来也被解散。随着认信教会运动的被禁，朋霍费尔试图进入一个新的行动领域，他与柏林抵抗组织的成员会面，将他行动主义的重点从以教会为基础的反对转向极为世俗性的抵抗运动。当战争的阴云密布，朋霍费尔可能在一年内被征召入伍，而拒绝应征者则将被监禁或处决。尼布尔认定朋霍费尔避免牢狱之灾的唯一希望就是立即飞到美国，他为朋霍费尔找到了工作的机会和居留的许可。于是，一九三九年六月，朋霍费尔第二次来到美国。但他在美国期间很难将思绪从德国转移。在焦虑一段时间之后，他认定："德国的基督徒将会面临一种可怕的选择，要么情愿自己的国家战败，这样基督教文明可以存活，要么选择国家的胜利，这样就会摧毁我们的文明。"在这样一个宁愿自己的祖国战败的极其艰难的时刻，他必须和德国人在一起。这样，他又离开美国回到了德国。

回国之后，朋霍费尔为了逃避征兵，利用他与军队上层人士的关系，以及盖世太保与国防军之间的对立，通过迂回的方式最终被授予一个军事情报机构的职位。在这一职位的掩护下，他却参与了刺杀希特勒的密谋活动。同时，他还在紧张地构思和写作他的《伦理学》一书。尤其是在一九四二年的整个夏季，无论是住处、办公室，还是在火车和飞机上、在酒店房间里、在退修或各种隐修处，朋霍费尔都在撰写《伦理学》。尽管他为自己定下了一条警语：“一名伦理学家不能成为一个在关于应该做什么和怎样做的问题上永远比别人知道得更多的人。”他还是觉得这本书像是“一次决定性的突破，我觉得今后的某个时候，基督教将仅仅存在于少数已经无话可说的人之中”。

正如传记作者所指出的，《伦理学》标志着朋霍费尔思想的一个转折点。它既大胆又深刻，思考了最困难和最紧急的问题。比如在特殊环境和例外情况下，在道德上有责任的人是否需要采取“极端的行动”？为什么相比基督徒，有更多的人文主义者和无神论者加入了抵抗者的行列？面对剥夺人性的技术，要如何保存人的正直？这部三百多页的著作，在每一个方面都是朋霍费尔最成熟的作品，并且也在每一个方面都带着时代的伤痕。《伦理学》是一部带着复杂雄心的作品，最重要和直接的就是为抵抗组织中的人们提供神学资源。

一九四三年四月四日晚上，朋霍费尔不幸被捕，系狱两年之后，一九四五年四月九日，朋霍费尔被匆忙判决处死，走上了绞刑架。他临终的遗言是：“这，就是终点；对我来说，是生命的开端。”

和十七世纪法国的一位圣徒似的人物帕斯卡尔相比较，他们都只活了三十九岁。虽然帕斯卡尔倾心的教派也受到迫害，但没有如此艰难的政治选择，他通过“三次皈依”越来越仰首向天。他还有科学、哲学、文学等领域的广泛建树。帕斯卡尔是处在欧洲文化上升的时代，而朋霍费尔所处的时代却可能是欧洲文化开始由盛转衰的时代，且一切都转向政治、集中于政治。我们还可以注意的是，尽管现代思想的主要倾向是无神论的，但是有神论者仍然有力地参与了现代世界的塑造。他们依然保持着一种深度，使现代世界不那么肤浅自大，保持着一种高度，使现代世界不那么沉溺于功利，保持着一种深刻的疑问和反省，使现代世界不那么志得意满，或者说，他们依然保持着一种古典的精神传统而使现代世界不那么"现代"。

我现在想大概介绍和讨论一下朋霍费尔最具特点和创造性的有关道德与宗教、上帝与人的思想。这些思想主要见于《伦理学》和《狱中书简》。在这方面，他和过去流行的基督教思想有很大的不同。他自己也明确地意识到这一点。他在《伦理学》中谈到，过去教会经常宣讲的是，为了寻见基督，一个人必须首先认识到自己是一个罪人，就像《圣经》中的税吏和妓女，但现在必须说，为了寻见基督，一个人必须首先寻求成为义人——这些为正义、真理和人性斗争和受苦的义人，不仅仅是基督徒，也包括非基督徒。换言之，道义现在成了一个先决的基础。必须首先关注人间，关注道德。人与上帝的关系必须立足于人间来考虑，必须立足于此岸来考虑，必须立足于道德来考虑。最重要的是道德——而且还不是谨小慎微、洁身自好的道德，而是大是大非、生死攸关的道德。

朋霍费尔还肯定人间的"欢愉"，这种"欢愉"是表示一种勇敢，以及一种"鄙视世界和大众观点的意志"。人通过活出"坚定的信念"，通过工作，就为世界带来了某些好东西，"即便这世界对此并不喜悦"。他也重视属人的能力以至"成功"，说"忽略成功的道德意义，就暴露了对历史的认识之肤浅以及对责任感的意识之不完全"。"尽管成功绝不能证明恶行或使用成问题的手段是有道理的，但它并不是一种在伦理上中立的东西。的确，历史上的成功为生活的继续创造了唯一的基础"，我们必须考虑未来世代的生活。这或许是朋霍费尔在内心深处为谋杀暴君这一教会并不认可的手段辩护。这种暴力可能的确是恶，但如果因此能挽救随后千百万人的生命呢？追求"成功"也就是追求某种好的结果或避免很坏的后果，这也可以说是一种韦伯意义上的对他人和社会的"责任伦理"。

所以，朋霍费尔不赞成脱离社会的"拯救人的灵魂"，甚至不想赋予"拯救灵魂"以太重要和优先的地位。他问道："拯救人的灵魂，这个个人主义式的问题还没有从我们绝大多数人心中消失吗？……旧约中出现过拯救人的灵魂这个问题吗？难道上帝的义和在地上的国不是一切事物的中心吗？……重要的并不是超越性的事物，而是这个世界，它是如何被创造和保存的、如何被赋予律法、和好、更新。"

朋霍费尔认为，今天的人们必须面对一个上帝不在的世界，因为人类已经成年，他必须自己对自己负责。近代以来，上帝越来越被排挤出这个世界，乃至将走向一个不仅宗教不可逆转的淡化，甚至没有宗教的世界。而在这样一个世界，信仰者如何谈论上帝，如何保持自己的信仰呢？他们首先要担负起对尘世的责任，要在自己的力量中、在自己的生命和成功中谈论上帝，而不是把上帝当作一个因为人的苦难和罪孽而需要投靠的上帝，那是基督教信仰者和不信仰者都会做的。但是，理解今天的上帝是一个苦弱的上帝，是一个隐退的上帝，分担苦弱，参与上帝的受难，保持自己的此世性，承担自己的责任，才是真正的基督徒会做的。

那么，在现实的社会中，是哪些人能率先承担自己的责任呢？

是哪些人能做"俾斯麦时代最后的贵族"来捍卫文化、人性、正义和理性呢？在这一点上，朋霍费尔诉诸一种经过时间考验的贵族责任和荣誉感，尽管他和他的共谋团体往往是属于这样的精英，但他更强调的不是出于血缘的身份贵族，而是出于责任的精神贵族。他在《十年之后》一文中如此表达自己的希望：

> 我们目睹着社会各等级的差距正在被拉平，但是与此同时我们也看到，一种新的高贵的意识正在诞生，它正在从以前的各个社会阶级中把某些人集结到一起。高贵，是从自我牺牲、勇气以及对自己对社会的一种始终如一的责任感当中产生和发展起来的。它期待着对自己的应有的尊重，但也对他人表现出同样自然的尊重，不论他们的等级是高是低。自始至终，它都要求恢复失去了的对品质的意识，恢复以品质为基础的社会秩序。品质是一切形式的一致性的死敌。在社会方面，它意味着一切对地位的追逐的中止，意味着对"明星"的崇拜的中止。它要求人们的眼睛既要向上看，也要向下看，尤其在自己的密友的选择方面更是如此。在文化方面，它意味着从报纸和收音机返回书本，从狂热的活动返回从容的闲暇，从放荡挥霍返回冥想回忆，从强烈的感觉返回宁静的思考，从技巧返回艺术，从趋炎附势返回温良谦和，从虚张浮夸返回中庸平和。数量是彼此竞争的，而品质则互相补足。（朋霍费尔《狱中书简》，高师宁译，四川人民出版社，1992年版，第12—13页）

但他的确还有犹豫和不确定，他反复问道："我们仍然有用吗?"也许这个世界就是不再需要我们了。无论如何,他所处的时代所面临的最大危险是一种强暴的极权主义,极权主义是一种元首和大众的结合,他不能不努力诉诸一种中间因素以打破这种结合。极权主义也是暴力和欺诈的结合,也许左的极权主义更依赖欺诈,而右的极权主义更依赖暴力。但在朋霍费尔看来,"任何暴力革命,不论是政治革命还是宗教革命,都似乎在大量的人当中造成了愚蠢的大发作。事实上,这几乎成了心理学和社会学的一项规律"。

狱中的朋霍费尔还越来越多地读《旧约》。这也许是因为那里面的上帝更强调义,更关注人间的此世性。但是,今天上帝的干预甚至明显的存在都不再可能。另外,正如作者所解释的,也许还因为他终于认识到,如果没有植根于犹太人的历史、受苦和宗教,真正的人性将永远在抽象之中游荡,对上帝的思考就会被带入抽象和偶像崇拜。当时犹太人是受迫害、被杀戮最为深重的人类群体。朋霍费尔已无法为欧洲的犹太人做更多,只能尊重以色列的故事,将其作为对基督教会的一种教训。

传主就是这样一个如此渴望上帝,而又和人间保持着紧密联系的人。他是最有希望在精神上与上帝同在,在地位上与高层同在的,他对神学的研究极其深入,他也完全可以成为一个精神上的"自了汉"。但他却选择了如此一条充满荆棘、最后牺牲的道路。的确,他是遇到了这样一个处于险境的时代。但尽管如此,甚至不需要他再费力争取,只需稍稍妥协,或者保持沉默,他也还可能安然无恙,甚至他只要没介入刺杀希特勒的密谋行动,他也不会被处死。但正如他自己所说:"这不是我的错,这是我的命。"这

"命"不仅是"命运"，也是"使命"。他意识到自己的使命，他就这样做了而无惧自己的命运。

这本传记的作者并没有刻意去美化他或者说圣化他。他还是写到了朋霍费尔，还有像巴特的一些弱点或者挣扎过程。在读到这些的时候，我们脑海里或许会一次次浮现"人，还是人"的思想。但可能正是如此，人的处境也就更加值得同情，人的努力和奋斗也就更加具有意义。

朋霍费尔在狱中写有一首著名的诗——《基督教与不信者》。他写道，在这种时候，"人们便走向神"，向神"要求救助、抚慰和食粮"，"人人都这么做，基督徒与不信者都一样"。"当神处境维艰"时，则不是人人都走向神，而只是一些人走向神，只有真正的基督徒才"站在神一边"，而"当人处境维艰"，神却"走向每一个人"。换言之，在朋霍费尔看来，当人处境维艰时，走向神并没有什么特别，信仰者和不信者可能都是一样，而如果对上帝的维护仅仅在于它能成为人们在这种艰难时候的安慰或救助的话，那并不呈现信仰的真正意义。而"当神处境维艰"，走向神的就的确把握到了信仰的真实意义了，只有那些真正的信仰者才能这样做。人还需体会，当人处境维艰时还有一种爱的来临，这就是神的爱，是神走向人。但这时，人自己应该怎样呢？朋霍费尔在这首诗里没有明言，但他却以自己的行为，以自己的一生这样说了——这时人更应该走向每一个人，走向自己的同胞，尤其是走向那些受难最深重的人。俯身向人，这不仅是对神的仿效，也是自身的责任。尤其是那些处境曾经比较优越的人，他们负有更高的责任，也就应该更深地俯下身来。

理性的有限性

康德是近代哲学的重镇，甚至可以说是一个主要的入口。他常被人认为是开启了近代哲学史上的"哥白尼革命"。有人说，在今天的西方，在几乎所有重要大学的哲学系里，差不多都有一个教授在专门研究康德，或至少有人曾长期研究过康德乃至有过专著。其他不专门研究康德的哲学家，也多认真研读过他的著作。要想进入近现代哲学的思想空间，康德绝对是绕不过去的。康德也一直是近现代中国哲学，尤其是中国的道德哲学发展的一个宝贵资源。当代中国哲学界极有哲学思考力和影响力的两位——牟宗三和李泽厚，都有专门的厚重之作来研究康德。

但康德的理论又是一个巨大的、著名"难啃"的思想之果。他横跨哲学的认识论、本体论、伦理学、美学，乃至宗教、法学、人类学、自然科学等诸多领域，即便你只是研究其中一个领域，也不能不旁涉其他领域，尤其是其基本的哲学原理。他的哲学不仅有一个异常宽广的维度，其纵深的根须也伸展得非常深远和隐秘，其中还包含着许多复杂的悖论或者说可以做多种分析和解读的观点。

这就意味着，一个思想者要真正进入研究康德的领域，必须准备一段漫长的时间，一段清冷、很可能是坐冷板凳的时间，必须下决心摈除许多事务性的工作，而专心致志于思想。

康德又绝对是值得热爱思想与智慧的人们这样投入的。一个人如果有过一段专门研究康德的经历，他就可能不会太肤浅了，或者不会太自傲了。康德对伦理学或者说道德哲学还尤其有意义。或许可以这样通俗地说，近代以来，我们在神学、在哲学本体论和认识论领域中所感受到的失望，经由康德，在实践哲学和伦理学中重新燃起，重新化为希望的火星。

所以，兆国从事研究康德伦理学的工作，我以为是一件虽然艰巨但很有意义的事情。兆国数年前到北京大学哲学系做访问学者，我们一起度过了一些学术分享和交流的时光。他原来是研究孟子的，有很好的中国学问的功底和扎实的文献功夫，又不可遏制地被康德思想吸引，进入西方哲学的殿堂，在这后面，是有一种内在的理路和动力的。他以"明理"与"敬义"来概括和分析康德道德哲学作为一种现代理性主义伦理学和义务论的特征，也是相当中肯的。

在康德那里，这种理性主义又不是僭越的，而是有限的。所以，"明理"即是明"理"的某种绝对性，也是明"理"的某种局限性。"敬义"也是如此。这里的"义"从性质上说既有某种至高无上的意义而不能不"敬"，又有某种在内容上至为朴实基本的意义而不能不"重"。最近有英美学者对其道德哲学是否属于义务论也还有疑问，但我以为一个基本的对照还是存在的，即康德的道德哲学和在他以前占主流的目的论，也和他以后特别流行的功利主义有着截然不同的特征。所以，现代伦理学的义务论与目的论的分野，大致还是可以根据康德的伦理学和与之对峙的理论来做出区分的。

当然，以康德为代表的义务论、以功利主义为代表的目的论或结果论，都深刻反映、或也在某种程度上先导和推动了人类社会进入现代的变化。从其思想资源来说，功利主义从一种精致的自我的快乐主义走向利益的可衡量的普遍化，义务论从过去包含在一种全面和崇高的自我完善论内部而走向了一种独立性和普遍化，除了其作为思想本身的意义和逻辑之外，也表征了时代社会向平等的变化，它们也都将多数人纳入了考虑，也就是说，面向了包括过去的少数和多数的所有社会成员。伦理学于此成了一种真正全社会的伦理，而新的与旧的思想争论和选择也将在这一平台上发生或继续。

对兆国的研究，我还难测其深。虽然我也曾专门研究过康德，甚至可以说，我后来形成的伦理学观点深受康德的影响，但我现在的确有很长一段时间没有专门做这种研究了。所以，我一直犹豫自己是否有资格写这篇序言，想找出一些时间来重新仔细阅读康德，却又因紧迫的任务和精力的有限而一时无法措手，而有感于兆国的诚邀和信任，也不忍让兆国耐心的默默等待无休止地延续下去，最后就只是写了上面这样一些简单的感想性文字，惭愧。

「隔代」的追思

　　获悉季先生驾鹤西归的消息我感到震惊和哀痛，本来，从先生九十八岁的高龄来说也是一种大限已至的"自化"，但我一直有一种期望和信心，认为他应当能活过百岁以至茶寿，按中国的惯例，到明年就可以庆祝他的百岁寿辰了。

　　我也曾希望中国伦理学界的老前辈周辅成先生能活过百岁，但不幸周先生也在二〇〇九年辞世。周先生和季先生是同年生人，都生于辛亥革命推翻清朝那一年，又同在清华求学，同在北大任教，同殁于二〇〇九年。两位老人都已经要走到百岁的门槛上了却又遽然离去，不亦悲乎。但两位先辈学人自然还是少有人能及的高寿，所以，我在悼念周先生的挽联中写道：

　　　　生于辛亥不居庙堂之高情系民瘼国运真民国老人

　　　　殁于己丑愿处江湖之远志在士行林下正士林寿者

116

季先生也是一位"民国老人"，而对一经济崛起之文化古国所应给其学界元老的晚年尊荣、盛誉和国养，先生如孟子所言是"宠辱不惊"。但先生何曾不清楚，这些都是身外之物，所以，归根结底，他也还是"羡林"，还是"书生本色"。他内心所真正看重的还是他的学问，而不是他晚年的名位。故我再拟一挽联如下：

世纪坎坷历西元东主终究民国
百年发奋入学海知渊毕竟羡林

其中上联是讲季先生非常独特的个人遭遇和时代大势，仅留德十年多、几与第三帝国兴亡共始终就可说罕有匹者，下联是讲季先生达到的学术成就和素志。先生的学问，贯通古今东西，广涉语言文学宗教等多个领域，切实如蔗糖历史，玄妙如佛学经典，还有的学问如吐火罗语等几如绝学，世上能识者大概也是屈指可数。总之，季先生的学问给我们的感觉确实恣肆浩瀚而又绝学深沉，经历了知识的汪洋而自身也成其大，成其精深渊博，吾辈是难测其端底甚至范围的。

我和季先生有缘也是一种学缘或书缘，甚至可说先生于我有一种知遇之恩师的缘分。他作为"三联哈佛燕京学术丛书"学术委员会的主任，恰好是由他来审读拟收在该丛书中的我所撰的两本和社会理论与历史正义有关的著作。时在二十世纪九十年代中后期，先生已是过八望九之年，又学业事务繁多，而我知道自己那两本拙著是有些赘牙、不好读的。但在后来《世袭社会及其解体：中国历史上的春秋时代》的封底，我看到了他写的评语，其中写道："这是一部非常精彩的书。作者在融通古今中外丰富材料基础上立论，分析细致，论证确凿，显然是一位严谨治学、长于思考的优秀学者。"后在《选举社会及其终结：秦汉至晚清历史的一种社会学阐释》封底又写道："这是一部知识视野开阔，用力很勤，材料极富，独到新见颇多的佳作。"为此，我要深深感谢先生的奖掖和鼓励。我调北大也得力于他的推荐。以前我也曾在有的会上见过先生，记得像是参加《东方》杂志的座谈会和刘梦溪先生家中的雅聚，但未专门交谈请益过，后来出书后才第一次去他家专门拜见，承蒙他送我《赋得永久的悔》等书。后来我忝列先生任院务委员会主席的中国文化书院导师，也曾谋面，但我天性也是不太爱好走访，有时甚至去了先生在朗润园的家，于窗外见书房安静的灯光，先生似在读书写作，就在门前池塘的"季荷"前流连一阵而归。后来先生住进三〇一医院，就未再睹先生面了，现在悔之莫及。

先生已逝。我想，学者对学者，尤其是后学对先辈最好的纪念和哀思，可能还是细读他们的著述文字，乃至学其所学，思其所思，续其所说。而学者在历史上的地位和评价，归根结底也是通过他们的著述。所以，这几天来一直在读季先生的文字。

我的阅读印象是，季先生的学问一生，如去掉童稚时智识未开的七八年，似大致可分为"三个三十年"：

一、求学和治学早期，大致从一九一八年正式上小学到一九四九年。

二、运动和困厄时期，大致从一九四九年到一九七八年。

三、复出和尊荣时期，亦即从一九七八年到二〇〇九年先生辞世。

这和中国现当代史的阶段划分大致相应，和后面我对三代知识分子或学者的划分大致相应，也说明在季先生生活的这个时代，学者个人与社会政治的关系还是纠缠得很紧。

第一时期季老的特点是，前一大半时间在国内求学，开始就重古文和英文，到了重点中学读高中连续第一，考上清华后的四年本科打下了西方语言文学的基础，同时也开始散文写作。一九三五年去德国，出国苦读近十一年。虽然也饱受后期的饥饿和轰炸之苦，但的确没受过在某种意义上还是"敌国公民"的迫害，反而得到了德国老师的厚爱和普通德国人的亲切关怀。在某种意义上，他在台风的风眼反而避开了风暴。此时去家国万里，后期甚至与国内不通音讯，有家归不得，只能安心读书，而季先生的天性也是适合青灯黄卷的学问的。虽然思家国甚苦，但季先生后来认为，在他一生六十多年的学术研究过程中，德国十年是至关重要的十年，他的学术研究的发轫不是在清华大学，而是在德国的哥廷根大学。他说："这是我毕生学术生活的黄金时期，从那以后再没有过了。"他一九四一年获得博士学位，同时在哥廷根大学汉学研究所担任教员，并继续自己的研究，在《哥廷根科学院院刊》发表了数篇重要论文。一九四六年他回国，得到从陈寅恪、胡适到汤用彤先生的推荐和赏识，很快就当上了正教授和系主任，获得了事业上的自由，就像季先生自认为的，也省去了许多人为竞争的麻烦，并奠定了一种即便在一九四九年后也需重视的地位。

第二时期也大致可分为两半。"文革"前，他仍担任系主任多年，且被评为一级教授、学部委员。"文革"时期他则经历了一场长久的噩梦，被关被斗，不仅要触及"灵魂"，还要触及肉体。虽然做了好几年门房，但学者本性使他在当门房时也偷着翻译了两百多万字的史诗。

第三时期则是他六十七岁复出以后。他重新担任系主任，又担任北大副校长，越来越受到重视和尊敬，荣誉也越来越多。从气氛上说这是季先生第二个"学术的春天"，从成果上说则是一个"收获丰硕的秋天"，他写作和发表的学术成果超过了此前加起来的总和。他在八十岁以后还有两年几乎每天到图书馆去为《糖史》阅读、收集资料。这一时期他还写下许多散文。他的许多回忆文字，尤其是《牛棚杂忆》影响巨大。他也开始关心义理，其文化上的影响远远超出了北大和学术界，并获得国家对知识分子的最高礼遇。

这学术人生的九十年，借用季老喜引的一句话，或也可说是"三十年河东，三十年河西"。前三十年潜学，中三十年遇厄，后三十年复兴，也像一个正反合。

而季先生的这"三个三十年"，也大致与一种三代知识分子的划分相应，即从一九一九年到一九四九年这三十年就已打下知识或学问根基或已出道的"五四"或"启蒙型"知识分子，从一九四九年到一九七九年这三十年的"四九"或"解放型"知识分子，最后就是一九七九年以后出道的"七九"或"复合型"知识分子了。

季先生可以说属于"五四"一代启蒙知识分子的晚期，或者说这一代学者的光荣殿军。他学问的根基是在那个时代打下的，也是在那个时代就已出道的。这一时期的知识分子往往受过非常好的系统学术训练，学问做得极好，但其学业也受到长期的战争烽火和政治意识形态对峙的影响，一九四九年后不断出现的政治运动和"继续革命"，更使许多受过极好知识训练的学者难以施展才能。

而我辈则大概是属于这最后三十年的一代了，而且是这一代的早期。这一代早期的知识分子往往早年失学（比如我自己青年时期的十一年就是在军队度过的），学术训练不足，学养不够，唯能自慰的或就是很早就被抛到社会下层，阅历较多，思想比较活跃，且后来在补课后不久又赶上了思想学术走向比较开放和昌明的年代而能展其用。后期的学者自然很快就得到了良好的系统训练，知识的来源日趋多样，知识专门化的趋势不断加强，即便是渐渐有些淡出的思想界也趋于多元化了。

　　总之，我和季先生或算是"隔"了一代。但当我们这一代早期的学者从二十世纪七十年代末起重新获得学习研究思想学问的条件时，却发现除了我们上一代的一些佼佼者之外，我们和季先生这一代学者或知识分子总体上更为亲近。我们更愿意回归到他们这一代的学术氛围中去，传承他们的思想和学问，虽然我们也开始有时通过他们、有时也不通过他们而努力和中国更久远的文化知识传统发生联系。

　　这就是学术和思想薪火的接力传递，传递的每一代还要尽量使这薪火在自己手里燃烧得更为明亮乃至辉煌。当然，这种传承和发展并不是直线的，而可能是曲折的，起伏的。但即便学术思想文化在有些时代遭到压抑或冷遇，真正好的、有意义的思想和学术成果还是会透过断裂或尘封，自然而然地赢得"隔"一代、两代、三代人们……的追思和研习。这就是我在悼念季先生时所想到并愿意自勉的。

学界最有领袖范儿的那个人走了

老邓走了。老邓者谁？邓正来也！

几年前，老邓先是从北京走了，去了上海，他在京城的朋友一下寂寞了不少，聚会变得少了，尤其是本来必不可少的年底的亲切聚会。朋友相互之间也因为老邓的不在而见面少了。即便是喜欢清静一点的人，到年底时也不免觉得有点感伤，但又有一点期望，说不定什么时候老邓又"杀回"北京了呢。

但老等老邓，也没等到他回来，而这一次，老邓却是永远地走了。我到现在还不敢相信，这样一个生龙活虎的人，这样一个生命力洋溢的人，竟然说走就这样迅速决绝地走了。老邓那笑眯眯的样子，那每次见面就要拍你肩膀的样子，竟然说见不着就再也见不着了。一念及此，不禁悲从中来。我得知他去世的消息是在国外，当时就突然心头一震，惊骇莫名，待心境稍稍平复，草拟了一副挽联来表达自己的心情：

生于沪上殁于沪上中间大段在京华旧友情何堪
学在民间思在民间进入体制亦冠群新知意难平

　　我和老邓也算是缔交于京城的"旧友"了，而他到沪上之后
对他也增添了一些新的了解。最早见到他还是二十世纪八十年代在
中国人民大学，记得曾在靠近人大后门的一个两层楼的宿舍里和他
畅怀聊天。然后是九十年代都租房住在六郎庄，两家会时而走动。
他很喜欢孩子，常带着嘟儿来坐坐。而且一来常问："有什么好
酒？"于是小酌一番。他后来搬到北郊的名流花园，虽然路途远
了，也还是去玩过多次，或者老邓请大家在城里吃饭。一九九九年
的最后一晚，老邓邀约了几家人一起在酒店迎接新的世纪，所有人
在零点到达之前静默凝思一阵，然后在新世纪的钟声敲响之后互相
热烈拥抱和祝福，至今印象犹深。

　　老邓长期在体制外，埋头翻译、写书、编书。二〇〇三年到
吉林大学做教授，但家没搬离北京，还是常能见到。等他二〇〇
八年到复旦做社会科学高等研究院院长后，搬家过去之后见面就少
了，而我去上海的次数倒是增多了一些。但最近的一次，二〇一二
年十二月下旬的有关政经改革的会议我反而很遗憾地没去。我们最
后一次见面还是二〇一二年夏天嘉映夫妇请他在世纪城吃饭的聚会
上。他最后的来信则是他二〇一二年十二月回复我不能去参加上海
会议之后的回信，说春节他会来京一聚。然而，京沪两地之暂隔，
转眼竟成生死两岸之永别，痛哉！

　　老邓创始并主持复旦社会科学高等研究院只有四年，却做了
难以想象的许多事情，而且做得那么有声有色，轰轰烈烈。我查看

了一下二〇一三年一月发来的第四十五期复旦高研院学术通讯，其中"世界社会科学高级讲坛"已经进行到第四十八期，"中国深度研究高级讲坛"进行到第五十三期，"通业青年讲坛"进行到第三十二期。他还组织了许多国际和国内学术会议，担任了《中国社会科学辑刊》《复旦政治哲学评论》《上海学术报告》等丛书的主编，自己还新译和撰写了不少著作与文章。如果仅从事功的角度看，他生命中这最后的四年大概是他最辉煌的四年。

或许有人会批评他还不够沉稳，有点张扬，但这大概也是要做大事的人难免的。老邓跟他的好朋友自然不多说大话，但我们在席间也常常听到他对别人说大话。他毕竟不仅是一个要做大学问的人，还是一个要做大事情的人，而做大事是要跟各种人打交道的，也需要各种资源。老邓行事像一个兄长乃至大佬，要不，为什么许多年长他几岁甚至十几岁的人都自然而然地叫他"老邓"？作为一个自由散漫分子，我没有做过老邓的同事和下属，不知会感觉如何，但做他的朋友真是再好不过。他很看重的学术著作《中国法学向何处去：建构"中国法律理想图景"时代的论纲》，虽然我不是太赞同其中的观点，觉得有点不接地气，但的确能感觉到其中有一种"天马行空"的气势。我对他强调知识分子应当以批判为第一义也有一点疑义，可惜对这些问题再也不能在一起细加讨论甚至争论了。

我相信，若老天假以时日和条件，老邓能做的事情岂止这些？袁伟时曾忆及老邓二十世纪九十年代初抱有的两个宏愿：一是在北京建一座中国社会科学大厦，建立民间研究机构，出版刊物；二是竞选总统。我虽然没有听他说过后面的宏愿，但的确知道他的抱负远远不会以他现已取得的成就为限。他是我所了解的学界最有领袖风度和气派的人。

老邓不仅是一个在学术领域内跨界的人，其学术探讨广泛涉猎政治学、法学、社会学、哲学……而且是一个超越学术界的"跨界者"，是一个三教九流、上上下下都能交往的人。他无论是和学界、政界、商界，还是和喇嘛、活佛、中医、西医、民间、庙堂，甚至可能红道、白道、黑道的人大概都能打交道，都有一些有交情者，包括引车卖浆者流。他能像苦力一样地吃苦，也能像贵族一样地享受。他有许多大想法，且能够抓住不放，具体落实，既能安静地做学术苦功，但又没有书生气和书卷气。他有学术的见识，又有看人的眼力和生活的智慧；有做事的大魄力，又有把握细节的能力，似乎再大的场面都能应付自如，至少，我还没看到他驾驭不了的场面。放眼学术界，大概还没有人有他这样大气魄的、热心投入且水准高的学术组织者。不论国内国外，也不论朝野和左右的学者，他都常常能将大家聚拢在一块，既能"将兵"，又能"将将"，且都是"多多益善"。他豪爽中有机警，侠义中有温柔，粗放中有细心。他有看来非常严苛的一面，但也有非常包容的一面。有些朋友相互之间可能有点过节，但却都是老邓的朋友，会在老邓的宴席上将一切芥蒂放下。

老邓是一个颇现代的人，又是一个"很传统"的人，他的学问虽以西学最为见长，但性格和行事却有相当传统的一面，有一种古道热肠和侠骨柔肠。我们的确可以遗憾，如果给他更大的平台、更多的资源，他一定能够导演出更加波澜壮阔的大戏。"世有英雄，遂使英雄不再出。"当今社会进入了一个和平发展的时代。然而，在民间或者说体制外做思想学术的组织还是太难，不是没有杰出的人才，也不是没有智慧的谋划，但卡住了就是卡住了，怎么努力也发展不起来。老邓在前二十年体制外的成果已是不容小觑，而他最后十年的出山大概也是无奈，不过依旧未改学术初衷和学者风范。

可能会有人希望像老邓这样有领袖才能的人能做成更大的事业，但我个人倒是更盼望老邓宁可做事缓一点而生命久远，等哪一天老友们都不再做什么事了，斜阳西下，几个很老的老头老太太，一起悠闲地在夕阳里饮酒品茗，说些闲话。然而，天许其以才，却未许其以寿，呜呼哀哉！

长途跋涉之后的澄明

何光沪《秉烛隧中》新近出版，借用其中的一句话来说，不仅为我们的社会增加了一丝光亮和温暖，也提供了一种深厚的"正能量"。作为一个伦理学研究者，我一直认为伦理与宗教有着非常密切的关系。我赞同作者的看法，即认为制度有无信仰的根基，制度是否合乎正义，会直接影响人们的道德习惯，产生巨大的正面或负面作用。作者对基督教的历史也做过细致的考察，他认为基督教对晚期罗马帝国社会做出了独特的、不可替代的贡献。教会为广大人民提供的精神安慰，尤其是为下层人民提供的社会救助和社会服务，无疑减缓了当时激烈的阶级冲突。基督教所倡导的伦理道德为当时普遍腐化堕落的社会中绝望的人们提供了生存的支持，其超越的信仰更是提供了新的希望。作者还有一个观点我也深有同感，即他认为社会伦理对人不宜要求太高，高要求只能对自己。不能要求人人都要像圣人。用现代观念来说，就是对他人，对众人只能提底线伦理，要求他做到"不能偷盗，不能杀人"这样一些基本戒律。

而几年前巴黎发生的悲剧，也同样涉及伦理与宗教的关系，并呈现出一些复杂性，或可借此做一些思考和分析。二〇一五年新年刚过，在巴黎就发生了两起以"信仰"之名枪杀《查理周刊》的十多个人和其他平民的事件，然后在巴黎举行了反对这种恐怖罪行的逾百万人的大游行，人们举着无数以各种语言写的"我是查理"的标语抗议暴行。

但也有人写文章，说"我不是查理"。《纽约时报》一月八日刊登该报专栏作家布鲁克斯的文章，标题即"我不是查理"。但以为这位作家是反对言论自由却是一种误解，相反，他倒是指出了一些涉及宗教信仰的"话语禁忌"在美国似乎更为严重："在美国任何一个校园出版此类讽刺报纸，绝对撑不过三十秒。"在他看来，"《查理周刊》屠杀事件应当是终结'话语禁忌'的契机"。他似乎希望探寻一条中道，即哪怕是对那些破坏分子和无礼的人，也要保持礼貌和尊重，而同时也要给那些有创造性和挑战性的人（比如漫画家们）留出空间。而我读到国内的有些文章，倒是更强调"我不是查理"，虽然也"不同情恐怖分子"。还有的认为这一事件表明欧洲文化多元主义走向了破产，或者认为西方对恐怖主义行为持有双重标准。

的确，我们每一个人可能既"是查理"，但又"不是查理"。说"我是查理"是表达一种人们之间休戚与共的道德感情，而且表明应当在言论与行为，尤其是暴力行为之间划出一条明显的界限，即便我对有些言论是持保留态度的，甚至是反感的，也不应妨碍我绝对反对对言论者，甚至是对完全无关的平民使用杀戮的暴力。但是，说"我是查理"的确又不是持久的，就像说"今天，我们都是柏林人""今夜，我们都是昆明人"一样，都有明确的时间定语。我的确又不是其他人，这样说只是表达我们对他人痛苦的一种感同身受，表达我们同属一个命运共同体的一种道德态度，它反映出我们心中深深的、一损俱损、一伤俱伤的深沉感情。

而从长久来说，甚至可以说从事实而言，我们的确又都不是"查理"。我们每个人都是一个独特的人，且常常是分属于不同的种族，持有不同的信仰，生活在不同的国家。现代社会的道德恰恰要考虑这一不同的事实，甚至可以说是基于这不同的事实。正是因为我们存在着诸如民族、国家乃至宗教信仰、价值观念等种种差别，甚至某些差别是永远不可能泯灭的，且道德首先要承认和尊重这些差别，所以，我们才更有必要努力寻求存在这种种差别的人们的共存之道。

近年来一些悲剧事件的接连出现，说明寻求各种信仰之间的基本道德共识已经是刻不容缓。从这些暴力行为的悲剧中，我们决不应该引出可以重回某种民族、国家乃至个人之间的"丛林状态"的结论，而是要更加坚定和坚持地诉诸正当而非不正当的手段来处理争议和争端。这方面的确要遇到不少问题，比如是否宽容不宽容者，在言论自由与尊重他人之间如何厘清恰当的界限，等等。但无论多么困难，我们要防止世界和社会分崩离析，都必须寻找和强化一些至少绝大多数人都能同意的基本道德共识。

而《秉烛隧中》的作者在这方面早就做出很多努力，他曾经翻译了《全球伦理：世界宗教会议宣言》，也曾推动过中国各派知识分子寻求共识。我希望这种工作也成为越来越多的人的共同事业。

从世界文明走向文明世界

我想今天我们大家来这里祝贺周有光先生的一百一十一岁华诞，是来为一位仁者祝寿，但周先生也是一位"爱智者"。我所知道的人里面，没有一个比他更高寿的。这大概是中国古往今来的知名人士——不仅仅是亲戚朋友知道他，还有许多人从作品中知道他——中最高寿的一位。周先生是一位大人瑞，衷心希望他继续创造奇迹。

除了祝贺、祝愿，吸引我来的还有一个原因，就是这个会议的主题——"走向世界、走向文明"，主办方这个题目的两个关键词我觉得特别好，我觉得也符合周有光先生的本意，符合他百多年来的经历、追求，尤其是晚年的追求，所以我就把这两个词结合起来谈一下，题目就是"从世界文明到文明世界"。

首先是"世界文明"，这里的"文明"是个复数，世界文明是指各种各样的历史形态的文明，比如汤因比所说的各种文明。中国的近现代史其实也可以说就是走向世界文明的历史。在以

130

前的很长一段历史中，中国确实自成一体，基本上只知道自己的文明，这文明的确也有它独特和灿烂的地方。但长期以来由于各种原因，缺乏借鉴，也有故步自封的问题。近代以来，中国才接触到世界的文明，尤其是西方的文明，但是后来我们又自己仓促地关上国门，直到改革开放后才又重新走出来，重新走向世界文明。

我以为，我们接触世界文明，走向世界文明，其目的可以说是让中国、让自己成为一个新的"文明世界"，这个"文明世界"里所说的"文明"是指文明的一些基本的要素、共同的要素、普遍的要素。那么我这里特别想强调这些文明要素的一些最基本点、一些最起码的东西，比如说反对暴力，不可杀戮，不可欺诈，不可强暴，以合乎人性的方式对待人，以合乎人道的方式对待人，等等，这是一些最基本的要素。而这些文明最基本的要素也是最普遍的要素，是普世性的。

这些文明的基本要素是些什么东西呢？打几个比方，比如说刘瑜写曼德拉的一篇文章《底线时分》，讲到曼德拉坐牢近三十年，没有挨过一次打，我们知道曼德拉曾经一度也是主张过暴力斗争的，但是他被抓起来以后几十年没挨过一次打，有一次倒是他想打看守。这或许可以说，即便在南非种族主义者那里，他们也还有一些来自文明传承的东西，有一些最起码的约束。多年以来，我自己也是在强调一种底线伦理的观点，就是希望和各种各样的高调、乌托邦划清界限，另外也和各种各样的相对主义、虚无主义划清界限，其实也是想致力于建设一种文明社会的平台。

我觉得周先生迄今为止的经历，也可以说他一贯的追求，也一直是在追求一种文明，一种光明。他先是学经济，希望造福于人们；后来从事语言文字、汉语拼音的工作，为中国走向世界做了很大的贡献；晚年更特别在文化思想上追求一种文明，也是普及一种文明。他是"认真地思考过这个世界的"，有一种非常难得的思想清明。而且他在如此的高龄，就像他自己说的，身体还是如此健康，不仅是身，而且是心，心灵单纯，精神莹澈。这是非常难得的，可以说是我们学人的骄傲，是我们的榜样。

因为他，我想到了来自中国和西方两部古老经典的话，一句是《尚书》里的"周虽旧邦，其命维新"，还有一句是《圣经》里的，就是"上帝说：'要有光。'"。我觉得周有光先生作为中国一位生命长青、思想长新的老人，他一直在追求光明。他自己追求光，也给我们带来了光，这个光就是文明之光。这是多么好的一件事。谢谢。

学以成人，约以成人

——对新文化运动人的观念的一个反省

在洋务运动、戊戌变法与辛亥革命之后发生的新文化运动，试图唤起"吾人最后之觉悟"，即进行思想、文学乃至语言文字之革命，其着眼点是在器物、制度变革似乎不奏效之后解决人的问题，尤其是人心的问题。

如果说二十世纪初的《新民说》还主要是试图建立能够适应新的制度的、社会政治层面的公民德性体系，那么，新文化运动中的"人的观念"已经涉及从信仰、追求、生活方式到社会行为规范的一整套价值体系。

于此，新文化运动就触及中国文化的根本，触及主导了中华文化两千年的儒家思想文化，因为它也是以如何做人、如何成人为核心的。

一

衡量文化的儒家的"成人"是以要成为高尚的道德君子为目标的，是要"希圣希贤"，以此前的圣贤为榜样，如孔子说"吾从周""周之德，其可谓至德也已矣！"，颜渊说："舜，何人也？予，何人也？有为者亦若是。"而后世又有起而仿效仿效者，学习学习者，追寻"孔颜乐处"。

儒家的这种"成人"追求是普遍号召的，即"有教无类"，任何人都可以进入这种"成人"的追求。但这又是完全自愿的，儒家从来不曾试图在社会民众的层面强制人们都成为君子，儒家对人性的差别也有深刻的认识，于是实际上还是只有少数人愿意和能够从此为追求。

这种开始主要是同道、学园或学派的追求，到了西汉汉武帝的"更化"期间，有了一种社会政治的制度连带，即通过政治上的"独尊儒术"和察举制度，解决了秦朝没有解决的、可以长期稳定的统治思想和统治阶级再生产的两大问题，遂使一种人文政治成为此后两千多年的传统制度的范型。学者同时也成为朝廷的官员和乡村的权威。"士人"既是"士君子"，也是"士大夫"。

儒家试图驯化自己，也在一定程度上教化民众和驯化君主。而从两千多年的历史看，它在驯化自身上最成功，其次是教化民众，最后才是驯化君主。它造就了世界文明历史中一个文化水准最高，道德方面也相当自律的官员统治阶层，造就了一个书卷气最浓、重文轻武的民族，也熏陶了一些明君，但却还是有许多不够格的皇帝。君主道德水准的提高与君主权力的提升并无一种正比关系，相反的关系倒更接近于历史的真实。

二

中国近代以来，首先破除的是这种"成人"的政治连带，废除了科举制和君主制，然后是新文化运动试图全盘打破一切传统的束缚，摆脱一切羁绊，非孝反孔，追求一种个性绝对自由解放的新人。

社会不仅渐失"齿尊"，年轻人甚至有意斩断和中老年人的联系，乃至从一开始，刊物和社团就是以"青年""新青年""少年中国"为号召的。

于是，相当于昔日"士人"阶层的知识青年始初有一系列走出家庭、尝试一种全新共同生活的工读互助团和新村的试验，但是，这些新生活的试验不久都归之于失败。当个人自愿结合的团体尝试变为"新人"失败之后，从中吸取的教训不是反省这理想，而是得出必须全盘改造社会的结论。十月革命后马克思主义的广泛传播，社会的重心转而走向一种在政党竞争、军事斗争中的"新人"磨炼。

这一过程，始终有一种完美主义的伴随——先是追求完全自由的个人，然后是追求一个尽善尽美的社会。

为了实现这一完美的社会理想，却需要另外一种"新人"，一种接受严格训练和组织纪律的"新人"。那么，在这两种新人之间——试图完全摆脱一切束缚的自由"新人"和接受严格纪律约束的组织"新人"之间如何转换？这种转换可能是借助一种无限放大和不断推远的完美未来——在未来的完美世界中，将实现所有人的完全的自由和幸福，而为了实现这一人类最伟大的理想，则必须接受目前最严格的纪律约束。走向一个黄金的世界必须先通过一个铁血的时代。

于是，为了完美的自由，必须进入一种最严格的规训。而在社会层面倡导追求解除一切羁绊的绝对个性自由，适足以为一种对个人的绝对控制准备"特殊材料"。

任何一个乌托邦理想家设想的社会都是完美和可实现的——只要在这个社会里生活的都是理想家设想的"新人"而非现实的人类。于是，是否能够造就出这样的一种"新人"，对这样一个理想社会的实现就成为关键，甚至生死攸关。如果人们的确能够被普遍地造就为理想家心目中的"新人"，这一最后的社会状态就将是天堂，但如果不能，实现这一社会的过程就可能是地狱——而不是其中一些知识者所以为的"炼狱"。

古代世界也有培养和造就"新人"的尝试，比如斯巴达通过某种军事共产制来造就一个勇敢简朴无私利的武士统治阶层。埃及的马穆鲁克体制通过购买和劫掠非穆斯林的奴隶男童，让他们进入与社会封闭的学校并培养为各种军事和政治的统治人才，但他们的子孙不能再成为统治者，因为这些子孙不再是奴隶，因而必须一代代重新购买和培养。而终身不婚的天主教会的僧侣和修士，也可说是一种培养"新人"的尝试吧。

但这些古代的"新人"尝试和现代世界的尝试明显不同的是，它们都是明确地限于这个社会的全部人口中的少数人的，这少数人与社会民众是保持相当大的距离甚至是相对封闭隔绝的。比如说柏拉图描述的共产制是仅限于少数统治者的，他们拥有统治的权力和很高的社会地位与威望、荣誉，但他们不拥有属于个人的私有财产，甚至不拥有自己单独的家庭与儿女，以此来保证权力不被滥用和遗传。虽然这也可能仍然是一个不能持久的乌托邦，但古代的

"新人"尝试的确没有试图去改造所有人，去改造整个社会，它们也没有一个地上完美天堂的梦想。包括渴望一种超越存在的完美的基督教，也没有打算实现一个人间此世的天堂。而在新文化运动之后出现的"新人"尝试则是大规模的，全社会强行的，为的是实现一个完美主义的社会理想，然而，这一完美未来的地平线却令人沮丧地不断后退。

于是，这就会提出一个人性的普遍可能性和可欲性的问题。人们或许能在很大程度上洗心革面，改造自己，我们的确可以看到这样的道德圣贤或宗教圣徒。但是，人在多大程度上能够改变社会上几乎所有人，或者就是大多数人的人性？而且，一种强行的试图全盘改造他人和整个社会的尝试，是否本身就违反道德乃至人性？

无论如何，新文化运动带来了关于人的观念和理想发生了剧变。在民国之后、新文化运动之前，社会崇尚的还多是孔子等传统圣贤人物；在这之后，崇尚的人物就再也不是以孔子为中心的传统人物了。新文化运动标志着传统的人的观念的一个巨大转折。

和西方的文艺复兴运动不太一样，中国的新文化运动不但有意和传统断裂乃至决裂，而且和政治紧密连接。最后，它的结果主要不是文化的成果，而是政治的后果。

西方文艺复兴运动产生了一系列文化巨人，而中国的新文化运动则开启了一个激烈动荡的时代，这时代也产生了自己的政治巨人，并不断树立自己的英雄模范人物。新文化运动中不乏道德高尚的君子和文化的翘楚，但是，经过百年来一系列的转折跌宕，它最后造就的最引人注目的人物可能还是寥寥几个政治"超人"和不少"末人"。

三

今天我们也许有必要重温传统的"成人"之学，但它也必须根据现代社会的情况有所转化。

传统儒家的"成人"之学能够转化的一个关键是，它同时也是一种"为己之学"。它明确地自视为一种"为己之学"，这意味着即便在古代最强势的时期，儒家也并不打算在全社会强推其"希圣希贤"的道德，它的君子理想世界向几乎所有人开放，但实际只有少数人能够甚至愿意进入，因为它需要一种更高的文化能力和更高道德标准的自我约束。

它也不仅是少数的，而且是自愿的；它不是尚武的，而是尚文的；它开始也不是抱有政治统治的目标的，而只是一个求学问道的团体。但它通过选举制度造成的一种沟通上下、注重文化、政治机会平等的文官治理体制最后却延续了两千多年，在世界文明史上也是绝无仅有。它的这一独特意义看来还没有得到世界充分的认识。

儒家的"成人"路径或可说是一种"学以成人，约以成人"，即最终能够趋于道德自由之境的人们，主要是通过一种自我的学习和功夫，通过一种和神圣、社会与同道的立约，通过规约自己而最后达到自由的自律。

新文化运动中的人们急欲摆脱传统，其中激烈者呼吁要"打倒孔家店"，而今天重温孔子有关"学以成人"的名言，却深感其中有即便是现代人亦不可违者也。

十五有志于学——这是"成人"关键的第一步，但还远不是"成人"。"志学"同时意味着自身的有限性和自身的可能性，于是开始有一种修身求知的自觉。学是起点，是开端。不学无以成人。虽然这"学"并不限于文字和文献之学，但在中国的儒家那里，的确也离不开文字与文献之学。

三十而立——这是初步的成人，也是社会眼中的成人。它不仅是性格的独立，也是经济的独立；不仅是自我事业的初步确立，也常常是家庭的确立，即所谓"成家立业"，但最重要的还是一种精神品格的独立。虽然今后还可能会有探索方向上的错误，但那也是自我选择的结果，而不是人云亦云。

四十而不惑——虽然可能意志还不足，境界还不够，但此后或不再犯根本的认识论错误，不会再走大的弯路，尤其是不易受浪漫的空想的蛊惑，理性已经相当冷静和充分，情感也相对稳定。

五十而知天命——这已经是大成的时候。"命"既是"使命"，也是"运命"；既是开放，也是限制。命也，非来自我也，天降于我也，无可更改也，但最大的限制若被自觉地认作"使命"，也可能恰恰构成最大的力量，而且还构成一种真正有力量者的安心。

六十而耳顺——"耳顺"是对他人，对社会而言。自己对来自他人和社会的一切已经"宠辱不惊"，而且，对他人还有了一种透彻认识人性之后的宽容，对社会也有了一种通透的理解，知道还能做什么和不能做什么。

七十从心所欲不逾矩——这时才是达到一个真正的个人自由之境，完善之境。道德意志不是脱离规矩为二，而是与规矩合一。规则完全不再是外在的异己之物，而就是自身精神最深的需要。

这一过程以自我始，以自我终。但最初的自我是一个刚刚开始发愿和立志的自我，最后的自我则已经是一个与天、地、人契合的自我。

且不说还有"困而不学者"，志学者并不是都能达到这最后一步，可能达到"知天命"这一步都很难，可以说只有很少人能达到这最后一步，甚至中间的几步，但这最后的一步就像歌德所说"永恒的女神"，引导有志者永远向上。

如果说，即便如孔子这样的圣贤，也是自许为"学而知之"而非"生而知之"，我们有谁又敢说自己是天纵之才而不需要通过学习就能悟道和成人？我们即使承认如柏拉图所言"学习就是回忆"也具有一定的真理性，即学以悟道成人也需依赖一定的天赋与悟性，然而，后天的、艰苦的"学习"也仍然是不可缺少的媒介和必需的途径。

如果说，即便如孔子这样的圣贤，也是到七十岁的时候才能做到"从心所欲不逾矩"，即在经过几乎一生的规约之后才得到比较完全的自由，我们有谁又敢说自己一开始就可以不要任何约束就能悟道成人？我们有谁又敢说自己可以通过摆脱一切羁绊的绝对自由而成为新型的完人？

这提醒我们，或许从一开始就要预防一种对个人绝对自由和完美政治社会追求的思想。

孔子又说："君子博学于文，约之以礼。"颜渊亦言："夫子循循然善诱人，博我以文，约我以礼，欲罢不能。既竭吾才，如有所立卓尔。"

我们或可究其"约"义且又广其"约"义，谈到一种伟大的预约与规约。

首先，"学以成人"可以是一种神圣之约，是自我与超越存在之约。这超越存在可以是天，可以是神，可以是圣。因为这神圣之约，所以我要成为配得上这神圣的一个人。

其次，这约定也是一种社会之约，是自我与家庭、与亲人、与职业群体和其他团体、与政治共同体、与整个社会之约。我必须做一个担负起我的各种社会责任的人。

再次，这约定也是一种同道之约，是自我与同一志向的朋友之约。这是自愿的结成一体。对于一个伟大的目标，我们每一个人的力量都可能是不够的，需要互助和互励。而到一定时候，一个人如有了相当大的力量，又是要散发开去的，而这散发也是回收，这力量又会加倍地回到自己的心身。

最后，还有一种践约，这践约实际也主要就是规约，我们需要不断地规训自己，而这律己其实又是一种自律。不否定有人有顿悟的可能，但很少人有这样的可能。悟性之高如李叔同者，入佛门也是进入律宗。

一种志愿必须从自己的内心生发出来，"十五有志于学"便是立约的开始。预约不妨其高，不妨其不与众同，但不断落实，不断具体；规约则不妨从低开始，从底线开始，从与众人同的社会规则开始，但能够将"庸常之行"与"高尚之志"连接起来。

虽然古代"成人"的意义就已经不是完全一律的，有儒家的"成人"，也有道家的或其他路径的"成人"，但儒的路径的确是占据主导，而今天的"成人"则更趋多元，不再有一种固定的、统一的意义。类似于古希腊的"virtues"，人们追求的人生目标将向各个方向展开，它们不仅限于道德或宗教的，还有艺术的，各种才干和能力的，甚至精致的休闲之道，体育竞技之道，等等，而所有这些追求又应该受到一些基本的规约的限制，以不妨碍他人的同等合理的追求。

今天的任何一种"成人"或都已经失去社会政治的直接效用，这就使一种神圣和同道的相约显得更重要了。

以上诸约在传统社会的儒家那里是一体的，天道与社会、一己与同道、本体与功夫常常都是打通的。而道德渴望与其他方面的文化追求，乃至与政治权力、经济财富和社会名望都是连接的。但现代社会的人们则可能，或也只能择一而行，而对何谓"成人"目标的理解也有了各种合理的差异，但精神却仍可以是一种，即努力在做人中寻求"成人"的意义。

最需要防范的和最值得争取的

——二〇一二年读书记

二〇一二年是不很平静的一年。之前就有一些预言，乃至有几部幻想的电影预告人类的灾难。预知的事件有中俄美法等几个大国的领导人换届或大选，现在还有日韩的选举在即。而中国从西南的雾都到东南的海岛，也还有一些未曾预料的事件披露或者发生。尽管天边的风云有些变幻，读书人的心灵或许还是平静的，现在这一年就要过去了，承蒙编辑一年一度的荐书邀约，在盘点一年所读的时候，有什么值得特别拿出来说说呢？

我想，今年有两本新出版的政治论著，也许可以为我们社会的政治警醒和制度创新提供一些有益的借鉴。而这两本书和我还有一点缘分。其中一本书是罗尔斯的《简论罪与信的涵义》，另一本书是福山的《政治秩序的起源：从前人类时代到法国大革命》。

罗尔斯著作在中国的第一个译本，即他的代表作《正义论》，是我和两个朋友在大学读书时翻译的。而他的最后一部中译专著《简论罪与信的涵义》，则是由我的几个学生翻译的，其主要内容是收入了作者在二十世纪四十年代写的普林斯顿大学毕业论文。这篇论文虽然与他后来运思的方向和风格相当不同，却还是展示了一个青年天才光耀的思想萌芽，其中令我最吃惊的是他对一种"自我中心主义"的清醒认识和批判。

我们经常批判"利己主义"（egoism），认为它是损害一个政治社会或者共同体的大患。而罗尔斯认为，损害以至毁灭共同体的主要的罪还不是"利己主义"，而是他所称的一种政治上的"自我中心主义"（egotism，作为一种与"利己主义"的对称，下面我试着将其译作"立己主义"）。在他看来，在立己主义与利己主义的两种危险中，立己主义比利己主义更危险，更不道德。虽然它常常比利己主义有更辉煌的形式，更冠冕堂皇的"理由"和"魅力"，而且这种大罪往往是由才华出众者、由"卓越者"犯下的。

按照罗尔斯的观点，这里的一个鲜明对照是自然欲望与骄傲野心的对比。利己主义可能更广泛，更具有群众性，它往往是自然欲望的扩张。而立己主义则往往是出自对绝对权力的野心。立己主义者是"卓越"的犯罪者。"最危险的立己主义将出现在我们所获得的最高成就中，并存在于我们之中的佼佼者身上。"因为，所谓"立己主义"，指的就是异常地追逐至高无上并渴求自我崇拜。利己主义者只是利用别人，而立己主义者则要把别人置于自身之下，使众人转变成崇拜者，而对不能转变者则予以打击或消灭。立己主义者看来是属于少数人的，多数人会追求物质和经济利益，却不一定会费力追求野心和荣耀。而在"立己主义"的内部，也有隐秘的与显明的之别，有主要寻求自我或同行的小圈子的崇拜和寻求几乎所有人的崇拜或至少畏惧之别，又有有所节制和毫无节制之别，后者尤其危害到共同体。

这里特别需要警惕和防范的是这样一种政治上的"立己主义"，它以所谓"大我"为掩护，甚至为旗帜来实现"小我"的权力、荣耀或者"理想"。最极端的"立己主义"有时恰恰可以以最极端的"共同体主义"的形式出现，因为如果能在"大我"或整个社会的层面实现一己之"小我"的"理想"，自然是最大的成功和自我实现。这种"理想"往往是政治社会的"理想"，所以说，最需防范的是这样一种政治上的"自我中心主义"，因为它能够最有力和最广泛地影响社会和人际关系。罗尔斯对满足自然欲望的、活动在一定范围之内的"利己主义"看来倒表现出一定的宽容，他耿耿于怀的是要防范那种旨在攫取绝对权力的"立己主义"。他批判的一个深厚背景是他对法西斯主义和纳粹主义的观察和思考。他对政治上狂妄的"立己主义者"的描述，相当接近于像墨索里尼、希特勒这样善于蛊惑人心的"元首"形象。

罗尔斯的这些思考可以被视作对二十世纪极权主义现象及其根源的反省，这种极权主义初看起来是大众主义的、民众主义的，后面却隐藏着一种独裁主义、专断主义、一种最终导向孤独和封闭的"立己主义"。有可能构成对真正自由与平等的共同体的最大危险和伤害的，还不是一般人的自然欲望的"利己主义"，也不是一般思想观念者的"立己主义"，而是这种政治行动者的"立己主义"，亦即一种走向极权政治的"立己主义"。政治上的"立己主义者"是一定要利用他人的，而且经常利用多数人来实现自己的目的。然而，由于他和所有其他人处在一种极度不平等的关系之中，由于他为了达到自己的目的而不惮采用暴力和欺骗等各种不正当的手段，因此他并不能建立一种真正的共同体，而只能毁坏共同体。

另一本政治论著，福山的《政治秩序的起源：从前人类时代到法国大革命》，只是该书的第一卷。它以作者提炼的几个核心概念描述了从史前到法国和美国革命前夕的政治发展史，而这三个现代的或也是良序的政治概念是国家能力、法治和责任制政府。福山认为，古代中国在秦朝的时候就通过战争的推动实现了强大的国家能力，建立了世界文明史上第一个具有现代意义的强大国家。但是，中国始终没有实现过真正的法治和形成现代意义上的责任制政府（亦即民主制度）。

按照福山的历史观察，强大国家的来源是战争的推动，而历史上法治在印度、在欧洲等地的出现，和宗教很有关系。现代责任制政府（民主）在欧洲则是通过封建贵族对君王权力的限制而形成的。而关键的是这强大国家、法治与民主这三个要素的结合为一，这正是近代以来在欧美一些国家所实现的。

当然，今天的国家要获得这三种要素并不一定要遵循过去的途径，它可能通过经济竞争而强大，可能通过对法律公正和效力的信仰而实现法治，也可能通过另外的权力制衡途径而实现民主。我并不认为这两本书的作者具有强烈的对中国问题的关怀。当罗尔斯在二十世纪四十年代批判政治上的"立己主义"的时候，他心里所想的对象是希特勒；而福山在做出这样三种政治要素的划分的时候，考虑的可能主要是如何加强美国的国家能力，尤其是决策能力。但我认为中国的读者在读这两本书时却不妨有我们自己的问题意识，它们也许有助于使我们思考我们在政治上最需要防范什么，同时也最需要争取什么。

读书生活又一年

——二〇一三年读书记

　　冬天是读书的好季节。在家读书还可防雾霾。回顾一年来的读书生活，不想谈直接为学术写作而读的书，而想谈谈比较闲暇时候所读的书，而且主要是今年出版的新书。记得年初在重读史铁生作品时，他太太陈希米新出的《让"死"活下去》让我特别留意。这本书不被很多人注意，或许本来就是准备要寂寞的，但我还是希望将这本情意和思想都深沉的书推荐给一些"心灵的少数"。这本书和一般的作家夫人的回忆录有所不同，它不涉及多少过往的具体事件——虽然我们在这方面也有后续的期盼——而是一个生者与逝者的精神对话，或正因此，这逝者也就还"活"着，而我们还因此又发现了一个作家。

　　与此类似的是《曼德施塔姆夫人回忆录》，在诗人曼德施塔姆死于劳改集中营之后，他的夫人娜杰日达才开始写作，成为一个杰出的散文作家。她的写作也为安妮·阿普尔鲍姆的《古拉格：一部历史》提供了一个鲜明的悲剧个案。我认为，《古拉格：一部历史》中最让人震撼而深思的是结尾的一句话："写作本书是因为，几乎可以肯定，这种事情还会再次发生。极权主义哲学曾经对成百上千万人产生过——而且还将继续产生——巨大的吸引力。"二十世纪的历史展现了这种吸引力的两条主要途径，一是通过对国家主义和种族优越的追求，一是通过对平等天堂和全盘打破的追求。而殊途同归的是，它们都会走向对元首或领袖的崇拜和全面控制社会的极权，在这后面则是奥斯维辛和古拉格。

文学一类我还读了上海文艺出版社出版的一套莫言作品集，自然，这是和作者刚得了诺贝尔文学奖及引起的一些争议有关。读过之后，我认为他获奖是够格的，虽然中国可能还有几个作家也够格。他最好的作品还是长篇小说，像《丰乳肥臀》《生死疲劳》可以说是他的巅峰之作。对一种在底线挣扎的生命的关怀和怜悯，可以说一直贯穿于他的许多小说之中。

我还一直喜欢财新图书策划出版的一套"思享家系列"丛书。今年在中信出版社出的第三辑中有王昭阳的《与故土一拍两散》、陈冠中的《我这一代香港人》、刘擎的《中国有多特殊》，以及叶兆言的《陈年旧事》。这些书各有所见，比如陈冠中出生于上海，在香港长大，曾住台北六年，又现居北京的经历，加上他在世界的游历，可以给我们一种特别宽广的中国文化的视野。他还有一本小说《裸命》，写一个藏族青年在拉萨和北京的经历，开始读的时候有些诧异其性描写的大胆，读完之后则四顾茫然，悲从中来。

"思享家系列"在广东人民出版社推出的第五辑中有狗子、陈嘉映和简宁的谈话录《空谈：关于人生的七件事》，大踏（阿坚）

的《没有英雄的时代，我只想做一个人》等。前一本谈了有关人生的七件事：两性、文艺、政治、死亡、生养、信仰和智性。狗子的抛问、嘉映的睿智、简宁的机锋都让人难忘。他们好像没谈什么实事，问题是在我们的生活交往中，有关实事的废话总是太多，而这样有意味的"空谈"却是太少了。我也是大踏的老读者了，老早就觉得他的作品会在我们这个时代大流行，但却不知为什么一直没有大流行。他不是"叶公好龙"似的，或者"潇洒走一回"地喜爱许多年轻人会觉得很"酷"的东西：失业、流浪、写诗、嗜酒、爱姑娘和西藏、异类行走……他就是一直那样惯常地"酷"活着。他的各类文字或许精雕细刻不够，却还是有一种浑然天成的好，且数量众多，所以，我相信他的作品总有一天还是会大流行。

今年也读了几本畅销的热书，像《看见》《邓小平时代》。还读了以前由世界知识出版社出版、今年改由中信出版社推出的文化大家雅克·巴尔赞的《从黎明到衰落：西方文化生活五百年，1500年至今》。我也读了王鼎钧的回忆录四部曲，感觉他对儿时的乡土真是有很好的记忆力，而他又逢一个大变动的时代，颠沛流离。他从家乡兰陵起步，走过了阜阳—汉阴—西安—南京—上海—沈阳—塘沽—上海—中国台湾—美国。尤其是从一九四五年至一九四九年，他正好处在中国历史的关键点上，从一个人的遭遇映照出了一个民族和国家的命运。写到中国台湾之后的第四卷《文学江湖》稍稍简略，不那么连贯，但他出头的确主要靠文学写作。他仅仅初中毕业，但有些文化家族和私塾的古文底子。经历和写作就是他的大学、他的学位。他的回忆录和前两年出版的齐邦媛《巨流河》可有一比，齐也写得很真挚，但王的文笔和思想更为雄健。

今年还有法国雷蒙·阿隆的几本著作的中译本出版，一本是厚重的《和平与战争：国际关系理论》，记得几年前我曾经啃读这本国际关系名著的英译本，这可能是这位思想明快的学者写得最为晦涩的一本书，但他的思想还是相当清明的，可以说代表着与萨特的激情相抗衡的一种理性，而最后证明还是他对时代的分析和预言更为准确。另一本阿隆的书是相对好读的访谈录《介入的旁观者：雷蒙·阿隆访谈录》，可以与前些年出的《雷蒙·阿隆回忆录：五十年的政治反思》合观之。另外，今年还出了英国伯林的《个人印象》。伯林的书也是相当睿智的，不炫耀新知，也不故作深奥，而其思想史的深度、细致乃至生动有力的表述风格却是特别值得我们借鉴的。伯林著作的汉译看来是差不多要出齐了，也许都可以出一套全集了。而处在近代政治思想之始的马基雅维利的全集今年倒是真的出版了，除了他的《君主论》等名作，其戏剧、诗歌、散文和书信也搜罗甚全，多是首次用中文译出，甚至包括他有的内容难以示人的信件。

每次到新地方旅行，我还喜欢携带并阅读《孤独星球》（Lonely Planet）旅行指南系列的相关书，有时不旅行也喜欢看它来"卧游"。它已确立了一种品位和标准，其书都是由一些作者实地考察写成的，信息丰富，实用而又有文化品位，且内容经常不断更新。近几年它还增加了一些中国国内旅游地的介绍，比如《陕西》。而比较热门的《意大利》和《美国》两本，前几年在生活·读书·新知三联书店出版的时候，稍一错过就再也买不到了，听说是已更换了版权，将由中国地图出版社出版，同样喜欢这套书的"驴友"可以留意了。

还有读书的方式和工具也在悄悄改变。一个"贪婪"的读者，如果要出外而又想带一个"图书馆"，大概非电子阅读器所莫能为。几年前我就用上了kindle，今年初更是因为想组织一个家庭读书会，而买齐了好几种不同型号的kindle。而kindle今年也终于进入了中国。用它读书不仅可以海量储存，且不像平板、手机阅读易伤眼，它后面还有一个亚马逊的庞大的内容支撑，阅读英文书刊极其方便，从网络下载的资料和文章放到kindle上也很便捷。当然，我也觉得它还是代替不了纸质书，哪怕就因为手执一书的感觉，以及可以在上面随意涂画。

中西并进话读书

——二〇一四年读书记

　　我读书一直是喜欢中西并进的，虽然可能有一段时间会集中精力读有关中国的书——写中国的和中国人写的书；有一段时间又会集中精力读西方的书——西方人写的、写西方和世界的书，但过去一年的读书好像差不多是两者并重。不像现在有的学者说的，"非西方的书不读"，或者像有些年轻人说的，"非三十岁以下的作者的书不读"，我是喜欢兼收并蓄的。甚至由于兴趣和年龄的缘故，可能还更加偏重读中国历史和具有"黄昏才起飞"的哲学眼界和生存智慧的书。

　　有关中国的书，今年读到许宏的《何以中国：公元前2000年的中原图景》。作者是位考古学家，此书可说是他探讨二里头那个"点"的《最早的中国》的姊妹篇，采取了一个更宏观和更回溯的视角来探究最早的中国的由来，其中引证了一些国内外学者的观点，难得的是其叙述生动，娓娓道来地讲述"故事"，显示出中国考古学不再只是"证经补史"，而是直接参加了古史的建构。谈到这一点，不能不追溯另一位富有人文素养和理论思维能力的考古学前辈苏秉琦的《中国文明起源新探》。《新探》一书一九九七年由香港商务印书馆初版，最近由辽宁人民出版社和人民出版社联合出了新版，作者在"动手动脚找东西""如醉如痴摸陶片"的考古实践工作逾六十年的基础之上，提出了超越"大一统"和"五阶段论"的两个怪圈，认为中华文明的起源是多处发端，"满天星斗"，其发展大致走过了"古国—方国—帝国"的路径。他概括中国历史的基本国情是"超百万年的文化根系，上万年的文明起步，五千年的古国，两千年的中华一统实体"，认为中国文化传统的精华一是精于工艺，善于（技术的）创造，二是极富兼容性和凝聚力。而中国传统文化的核心是对"天、地、君、亲、师"的崇拜与敬重，这是"中国人传统信仰的最高、最集中的体现"。

今年还由广西师范大学出版社出版了一套十卷的日本讲谈社的"中国的历史"。日本学者写的历史书，由于其规范和严谨，一般来说在学术上是可以比较放心的。这套书从神话时代一直写到了中华民国。可喜的是，它的叙述风格还不那么学究气，而是比较好读。它也提供了一个更为广阔的观察中国文化的东亚视角。这是多位作者的一部多卷本的厚重之作。

有关西方人写的书，我们对戴蒙德的名字已不陌生，他的《枪炮、病菌与钢铁：人类社会的命运》《崩溃：社会如何选择成败兴亡》等著作已经在西方以至中国产生重要影响。一位本行是自然科学的学者，竟然写出了如此富有影响的人文历史著作，这要归之于他在多学科之间的融会贯通和一种"大历史"的提纲挈领。今年又有他的一本著作被翻译出版：《昨日之前的世界：我们能从传统社会学到什么？》。二十世纪，有一些传统社群直接从刀耕火种乃至采集狩猎的原始部落跨越进入现代社会，但他们的一些生活习俗还清晰可见，作者就依据这些社群的生活经验，察觉到他们并非"全盘落后"，而是现代人还能从比如解决争端、教养儿童、对待老人、警觉危险和多种语言的使用等方面向他们学到不少东西。

尼采的重要著作已有多种中译本，但其中译全集还未问世。今年商务印书馆出版了《尼采著作全集》的第四卷《查拉图斯特拉如是说》、第十二卷《1885—1887年遗稿》（《权力意志》上卷）、第十三卷《1887—1889年遗稿》（《权力意志》下卷），均由孙周兴翻译。中国人民大学出版社则在前几年出版了《尼采全集》的第一卷，收有《悲剧的诞生》《不合时宜的思考》《1870—1873年遗稿》；第二卷收有《人性的，太人性的：一本献给自由精灵的书》，是由杨恒达等翻译。目前这两套全集都还没有能窥全貌，不易比较。但前者明确交代是根据科利／蒙提那利考订研究版译出，不仅有原编者注，中译者还做了一些注释，看来更为完备和可信。另外，商务印书馆今年还出版了一本《托克维尔传》，是思想传记而非生活传记，对理解传主的思想演变线索颇有助益。

以上的书思想学术居多，或不是很好读。最后再推荐两本好读的书。一本是苇岸写的《大地上的事情》，这本书之前就出过，但印得较少，早就不易在坊间找到了，所幸今年出了增订的新版。作者苇岸是北京昌平人，只活了三十九岁，止步于二十一世纪的门槛。他原来写诗，梭罗的《瓦尔登湖》使他爱上了散文，当然也热爱上了自然。他心仪的作家还有《沙乡年鉴》的作者奥尔多·利奥波德等。他读的多是西方作家的作品，但他挚爱的是中国，尤其华北的大地。他为此走遍了黄河以北的几乎全部省区，他更怀着欣喜的心情仔细地观察家乡的田野，观察其中的庄稼、蚁巢、熊蜂、鹞子、啄木鸟和猫头鹰，细心地拍摄和记录二十四个节气的见闻和思绪。当然，他还是对有些东西更为钟爱，比如鸟类中的"平民"——麻雀，比如普普通通的麦子和鲜明的白桦。他发现日落比日出快捷，说"世界上的事物在速度上，衰落胜于崛起"。十来年前，我到过一位朋友所住京郊小区的家里，下着雨，拉开窗帘就能看到雨雾中那一望无际的麦地。而现在这位朋友已经故去，麦地听说也早已被开发，原本靠近城市的大地正被越推越远。

还有一本好读的书是薛忆沩的小说《空巢》，它写了一位"空巢"老人，一位退休的母亲被所谓"公安局"来的一通电话"成功"诈骗的故事。这些退休的、儿女不在身边的"空巢"老人许多的确很难适应那变化太快的世界，他们依靠过去的经验去应对，却恰恰容易落入陷阱。我们也许不必像二十世纪初那样夸张地说"救救孩子"一样说"救救老人"，但的确是要多"帮帮老人"了。

以上中西并进是讲读书的两条线索，但这两条线在我们的生活中其实已经密不可分。从最后的两本书，也可以看到那已经深深进入我们生活之中的古代与现代、中国与西方的激荡和渗透。

对二〇一五年新书的期盼

曾经有过这样的时候，一些小城邦的人不愿意生活在一个大国，比如说古希腊雅典等城邦的人，绝不会羡慕波斯。今天欧洲的一些小国也十分珍视自己的独立。但是，小国有小国的幸运，大国也有大国的福气。就比如从语言文化上说，大国尤其古老的大国就有自己一些独特的优势。像中国作为一个古籍的大国，更作为一个翻译的大国，还作为一个被互联网巨浪冲破了写作门槛的现代国家，我们有读不完的书。

像这样的一个大国，不管爱读书的人是多么少，这些真正爱书的人也足以构成自己的一个"国"了。甚至不管自己读书的趣味怎样与众不同，也不难找到足够多的同好。换言之，即便阅读者，或者某些气质的阅读者在这社会是属于少数，但这个"少数"却足以构成一个可以相互慰藉和交流的群体。且群体的边界其实是会有变动的，不同的读书趣味也是会互相有所吸引和补充的。

所以，我虽然明明知道自己难以摆脱的局限

性，但还是可以在这里说说自己在新的一年——二〇一五年里想读的新书。我希望像《尼采全集》这样的全集继续推出新的译著而真正补全，希望像易中天这样的中国史系列的写作者继续出版自己的新作。还有一些国外的新作，我也希望在这新的一年里读到译本。

比如说福山继第一卷《政治秩序的起源：从前人类时代到法国大革命》之后出版的第二卷《政治秩序与政治衰败：从工业革命到民主全球化》，这一卷写到了法国大革命之后从工业革命到当代全球民主化的浪潮，显示出"历史终结"的一种（至少是）长程性和复杂性。还有像法国泽穆尔写的畅销、但充满争议的《法国的自杀》，他认为是"嘲弄""解构"和"诋毁"造成了法国的柔弱、萎靡和衰落。

还有更广阔和更长程的视野。伊丽莎白·科尔伯特的《大灭绝时代：一部反常的自然史》描述了人类文明发展与地球生态系统的剧烈冲突，向我们提出了这样的问题：地球上以前有过五次物种大灭绝，像恐龙这样曾经是最有生命力的动物和许多其他动植物都被灭绝了，而现在第六次大灭绝似乎快要到来了，今天地球上在智慧和能力上远远和其他动物拉开了距离的人类是否能够幸免于难？还是会恰恰因为自己无比强大的力量和举动给地球上其他物种乃至自身带来致命的灾难？

除了生态的危机，还有城市的危机。文明本赖城市而起。工业文明更造就了一些大都市。但人的行为也在威胁着它们。罗里·麦克林的《柏林：一座城市的肖像》怀着爱恋记述了近几个世纪这个城市的历史。它不像巴黎，巴黎虽几经沦陷，毕竟还基本保存了古典的原貌。而柏林曾经深深地被摧毁和隔离。

一位医生阿图尔·加万德的《作为有死者》则再一次探讨人们对死亡的态度。这一次的重点不是讨论一般人对死亡的恐惧，而是更多地考虑现代医学和医生的态度——他们能否帮助人们有尊严地、自然而然地赴死，让最后的日子也依然是好的、有意义的日子。

曾国藩说："刚日读经，柔日读史。"后来冯友兰曾改易此句书赠李泽厚："刚日读史，柔日读经。"我理解曾国藩的话主要是从个人修身来说的，"刚日读经"，以立正大；"柔日读史"，以知通达。而改易的"刚日读史，柔日读经"呢？或许各人也可以有各自的理解，比如从社会政治的角度理解为在理想过于阳刚而易趋极端，或者环境峻刻而最好沉潜的时候，都不妨多读一读历史——乃至写史。

乙部书其实一直是我的所爱，今年却是最爱。以前读政治哲学和思想史稍多，今年则比较集中地阅读制度和运动的历史。年初的寒假中我开始看塞缪尔·E.芬纳的三卷本《统治史》，它相当于是一篇世界政治制度历史的导论。我比较喜欢芬纳稍稍老派的撰述风格和内容，还佩服他是在退休之后才开始撰写这部巨著的。接着重读了希罗多德、修昔底德和色诺芬的史著，但阅读的重点还是两个方面：在古代是罗马，近代以来是英国。为此，看了波利比阿《罗马帝国的崛起》、塔西佗《编年史》和《历史》、阿庇安《罗马史》以及爱德华·吉本的《罗马帝国衰亡史》、特奥多尔·蒙森《罗马史》等。近代英国方面则主要读了大卫·休谟和托马斯·麦考莱的多卷本《麦考莱英国史》等。

人类最早建立且有据可考的国家大概也就是五千二百多年前在中东一带建立的苏美尔城邦，还有历史悠久的埃及王国。埃及得天独厚，靠河吃饭，每年的尼罗河水都带来沃土和水分，或正因此，它虽然能够兴建金字塔这样巨大的公共工程，也有精巧的文字书写，但历史上似乎并不太强悍，后来还是经常被征服。波斯帝国是相当尚武的，它也像清朝一样，从边缘的山地部族进到中央，以十二万成年男子统治了几千万人，但相对于它前面的亚述帝国来说，它没有那么残暴，带有一些开明专制，也实行了一定的宗教宽容政策，所以反而更能持久，被黑格尔称为第一个"世界历史民族"。

对今天的世界来说，罗马或许比希腊更有借鉴意义，史料也要丰富得多。我阅读罗马史主要关心的问题是：罗马共和国为什么能够一步步崛起？它后来为什么又遇到了公元前一世纪那样一系列的危机？罗马帝国是如何从共和国的母体中诞生的？现代一般都是从帝制走向共和，罗马却是从共和走向帝制，为什么会发生这种变化？这是一个为了生命而限制自由的例证吗？

罗马在动荡近百年走向帝制后趋于稳定，集中了权力的皇帝常常能够比较迅速地解决问题，但其本身也会构成一个问题。公元一世纪的罗马皇帝不太理想，二世纪相当不错，这个世纪的几位皇帝可能受到了斯多亚派哲学的影响。三世纪以后又不太行了。这几百年里，尤其是有些年轻时即位的皇帝如卡利古拉和尼禄，不仅残暴，而且行为怪诞，很可能是权力毁了他们，有权便任性，掌权者其性格变异之大是共和时期没有的。早期的皇帝多不是亲子继承，而是采取过继的方式，这就有了一种在较大范围内择优的可能。后来的皇帝则往往是军人竞争接班，好处是胜利者作为皇帝会比较强大，坏处是在争夺过程中将发生内战。但和中国的皇帝相比，罗马帝国的皇帝虽然同样有生杀大权，却不居深宫，财产也不和国家财产混在一起，像是公众人物，还有点共和遗风。相形之下，中国的儒家在培养、选拔与约束文职官员方面还相当成功，而在约束皇帝方面却不是太成功。

拜占庭帝国由分治而来，但它却比西罗马帝国长久得多，如果从公元三三〇年算起，到一四五三年君士坦丁堡陷落，持续了一千一百二十三年。它比西罗马帝国更为中央集权，也实行政教合一，但也有相当发达的民法体系。它在漫长的千年王朝中不断遇到外敌的挑战——波斯人、四处的蛮族、哈里发的帝国、十字军、蒙古人，疆域也不断缩小，虽然最后被奥斯曼人毁灭，但其能持续这么久也还是一个奇迹，可能外交手段的斡旋比武力发挥了更重要的作用。

英国早期其实也是一个土著被不断征服和混合的历史。诸王之间，以及国王与贵族之间打打杀杀了上千年，当然，这其间民间生活其实并没有像现代战争那样受侵扰。权力斗争最后渐渐达到一个法律和规约约束下的平衡或妥协，这恰好是法治，乃至民主负责制的一个发端。当波兰、匈牙利等国的王权被贵族压倒，而普鲁士则是国王占优势，更甚是俄罗斯的贵族被王权压倒的时候，英国却达到了一种贵族和王权的相对平衡。后来英国王权更是比较和平地趋于衰落，政治权力渐渐转移到了贵族，乃至市民和平民的手中，达到了一种福山所说的国家能力、法治和民主负责制的现代三合一的平衡。

中国史方面，我除了温习早期的历史经典之外，主要是结合中国考古方面的发现，补了史前史的一段，但这也或可说是不完全属于中国史了，而是人类共同的历史。即便是研习一国的历史，在当代史和史前史两端，最好都以一种全球的眼光来看待。人类从原始时代就开始大规模迁徙和流动，后来出现国家之后人口的流动反而不那么自由了。鉴于近年科学的新发现，"北京猿人"几乎不可能说是我们的直系祖先了，我们也不妨对此心地坦然。

学者应当侧重读经还是读史，或者说，更重视思想体系还是实际，更重视理想还是经验？学界一直有这样的争论。这当然可以因学科，乃至因人而异。但就与社会政治相关的领域来说，只读理论可能容易脱离现实，甚至滋生一种乌托邦心态。读史常常能让我们比较有现实感，比较心平气和，也比较宽容。但是，读史也要防止过于悲观或者"厚黑"，即把历史看成是一部相斫史，一部阴谋史，没有任何道德甚至光明可言。但从二十世纪的经验教训来看，乌托邦还是比厚黑学更可怕。应该从二十世纪吸取的最大教训大概不是别的，就是试图将一些完美主义的乌托邦付诸实践，结果最高的希望却带来了最大的火难。

完美主义往往容易趋于极端主义。完美主义者常常希望发现一种"万应灵丹"，找到一种全新的理论来迅速和全盘地改造世界。不论是哪一端的极端主义，都可能和不顾一切地追求完美有关——无论是追求"无比强大""彻底平等"还是"完全自由"。而一种中道与厚道则和承认与容忍不完美有关。我想读史是有助于弱化极端主义的。多读历史能够有助于使我们变得包容，使我们看到历史上即便较差的制度，如果持续了数十上百年，就一定还是有它合理的地方，或者及时引入了合理的因素。而即便很好的制度，适合彼时彼地的却不一定就能适合此时此地，或者说，即便适合也不可能一蹴而就，而且，久而久之，再好的制度也还是会有固化、僵化乃至衰败的趋势，需要做出不断的调整和改革。

在历史与哲学之间

——二〇一六年读书记

二〇一六年过去了，大致清点一下自己这一年读书的记录，很惭愧，并不太多。文学方面除了读过小说《斯通纳》、口述作品《二手时间》和剧本《英雄广场》之外，大概就是一些不时插入的侦探小说了。

读的数量最多的还是历史。而比较奇怪的是，虽然有一个中国史方面的写作计划，但在阅读一些中国社会与政治史方面的著述的过程中，还是花了不少时间来读欧美的历史与哲学。这里也主要是想谈谈这方面的阅读感受。

流行的斯塔夫里阿诺斯的《全球通史》看了一部分，但不是很有兴趣。倒是一本以色列人写的《我的应许之地》让我很感兴趣。其中写到的若有若无、心照不宣的以色列研制核武器的过程读来尤其让人惊心动魄。这个强悍的小国迄今依然处在一种尴尬之地，而祈愿善良亦思想清醒的作者的立场也不能不如此。

从单独一个作者来说，今年我读托尼·朱特

的书大概最多。这可能和我一直关心和反省二十世纪有关，也是想对这位得了"渐冻症"而早逝的杰出史学家和思想家朱特表达一种敬意。朱特是"二战"之后生人，他早年在欧洲，后从中年到去世都一直在美国工作。他的观察与思考无形中透出一种欧洲与美国的对照。不过，朱特最重磅的著作还是多卷本的《战后欧洲史》，写几乎和自己一生并行的一个大陆的社会历史，没有在时间上隔开得足够远，不能充分地利用"远见"与"后见"之明，却还是写得相当宏观和清晰，这真是挺不容易。

我也读了朱特的《未竟的往昔：法国知识分子1944—1956》和《责任的重负：布鲁姆、加缪、阿隆和法国的20世纪》，前者是对法国知识分子左派的反省，尤其对他们待在安全的地方，却迷恋远方的暴力的奇异现象剖析甚力，后者则是他对几个清醒，但也长期陷入困境的知识分子的心灵和思想的展示。我还读了他的《思虑20世纪：托尼·朱特思想自传》《重估价值：反思被遗忘的20世纪》等。保罗·约翰逊的《摩登时代：从1920年代到1990年代的世界》也是写二十世纪，更为生动，但在有些材料的处理上草率了一些。哈佛大学的金融和历史双聘教授弗格森的《世界战争与西方的衰落》等也主要写二十世纪，但在思想与写作风格上感觉还是没有像朱特那样吸引人。

今年有一段时间是待在美国，而且正好在美国总统大选结果揭晓的那天深夜返国。所以，自然而然地会对这次选举做一些观察。大选前读了一些美国史，比如说读更重视独立自由的偏"保守派"的本内特的《美国通史》两卷以及约翰逊的《美国人的历史》。大选后又读了更重视平等幸福的偏"自由派"的方纳的《美国自由的故事》、玻尔的《美国平等的历程》，并重温了亨廷顿的《我们是谁：美国国家特性面临的挑战》、伍德的《美国革命的激进主义》、布尔斯廷的《美国人：从殖民到民主的历程》等。还读了一些像《卡尔霍恩文集》《自由的基因：我们现代世界的由来》、安·兰德的作品和她的传记、《右派国家：美国为什么独一无二》《美国政治中的道德争论》等书。亨廷顿的《我们是谁：美国国家特性面临的挑战》似乎是站在偏右的立场上喊"狼来了"，而《右派国家：美国为什么独一无二》却似乎是站在偏左的立场上喊"狼来了"。但至少它们都具有某种敏锐的现实感，可以帮助我们理解这次美国大选初看似乎出人意料的结果。当然，如果读一读现任与候任总统及败选人的演说，会觉得这个社会的核心共识还在，尤其是关于规范与手段的共识。价值分裂了，但还没有破裂。

虽然是读历史，但我的关注焦点和视角可能还主要是道德哲学的，即关注价值与规范。我希望在真实的历史中去追踪价值观念的形成、嬗变、歧异和分离。价值会分出一些变成规范，或者说，那些最基本的价值会转换成规范的要求。尤其进入现代社会以来，价值与规范、善好与正当常常被区分开来，行为规范的正当与否及其根据的问题被提到首位。

不过，今年也读了一些哲学。中国哲学方面重温了一下王阳明，更多的也还是读西方哲学。我关注的主要问题还是道德规范有无一个客观的基础。继去年读科尔斯戈德《规范性的来源》之后，今年的阅读重点是帕菲特的《论重要之事》，它可以说是罗尔斯《正义论》之后最厚重的一部道德哲学著作，但却一直没有在中国学界引起足够的注意，倒是年初去世的江绪林几年前阅读原书的数万字笔记，令人不胜唏嘘。帕菲特这本书的手稿早已在网上流传，原来的名字叫《攀登高峰》。他开始写这本书时已经六十多岁了，他说他需要找到途径让许多人理解"并不是所有的事都无所谓"意味着什么，希望"让许多人相信：存在着真正重要的事情。但我不能期望自己一个人来做这些事"。这本书终于在二〇一一年以现在的书名在牛津大学出版社出版，原书一千四百四十页，其前三部分的中译本由阮航、葛四友翻译，北京时代华文书局二〇一五年出版，虽非全貌，但一些主要的观点已经出来了。

什么是重要之事？什么是我们必须在乎的东西？一切都是变动易逝的、都是相对的吗？规范伦理是否有一种客观的基础？是否能从义务论、契约论与功利主义这些伦理学的主要理论的结合部中找到这样一种客观基础？这涉及人类社会存续的道德根基，这也是进入现代社会以来从康德到帕菲特试图解决的一个基本问题。

帕菲特不同意像威廉斯等学者所持的道德相对主义和主观主义的理论。他的思想资源主要来自康德、西季维克、斯坎伦等，但对近现代以来的西方道德哲学、包括元伦理学也做了充分的回应和审视。他在康德的著作中发现了许多最有原创力的思想，但也认为康德思想中有不少不一致的地方。他试图系统而又细致地推进能够抗衡道德虚无主义的一种道德哲学，认为现代规范伦理学中的两大派——义务论与结果论（或后果主义）之间的分野并不是那么对峙，在康德伦理学、斯坎伦契约主义和后果主义的理论中其实有一种深刻的趋同性，相信这些理论的人们实际是从不同的侧面"攀登高峰"。他最后的观点归结为一种综合或温和的结果论，演绎出一种三合一的、互相支持的理论原则："一个行为是不正当的，是恰好当这样的行为被某些原则所不容的时候——这些原则是能产生最优结果的、唯一普遍地被意愿的、不能被合乎情理地拒绝的原则。"

行文至此，今天早晨传来了三条恐怖袭击事件的消息：俄罗斯驻土耳其大使遭枪击身亡，苏黎世一个伊斯兰中心发生枪击事件，柏林一辆货车冲入圣诞市场造成九人死亡五十人受伤。然而，在这个纷纭的、总有人以暴力相向的世界上，也总还是有一些安静的人努力做着试图使这个世界能够和平与安宁下来的工作：康德是安静的，罗尔斯是安静的，帕菲特也是安静的。

　　二〇一七年年初，延续"美国大选后面的价值冲突"的写作，继续看了一些相关材料如"五月花号"、美国奴隶制资料等，重温了贝拉的《美国透视：个人主义的困境》、布鲁姆的《走向封闭的美国精神》，还有几本反省美国二十世纪六十年代的书《梦想与梦魇：六十年代给下层阶级留下的遗产》《破坏性的一代：对六十年代的再思考》等，浏览了几本购买的英文书如《1945年以来的美国保守主义思想运动》《保守主义思想：从伯克到艾略特》和《十字架的时代》等。

　　平等或者说民主是现代大潮，但我主要关心的还不是制度，而是其价值的诉求，以及今天为什么走到分裂和冲突。为此还想寻根溯源，自然追溯到古希腊。春天的时候，去了一趟希腊，尤其是盘桓于雅典——这个曾经是"希腊学校"和民主典范的古代小邦的遗址。我试图探讨雅典民主演变的特点和后面的价值诉求，写了题为《在卓越中演进民主》和《在民主中保持卓越》的两篇文章，并为此又阅读了一批古希腊文献。

首先是阅读《荷马史诗》。以前也读过一些，但过去会因为觉得有些地方拖沓、重复和冗长，而不像阅读近现代文学经典那样强烈地吸引我。这次可能是因为心境不一样了，而且是比较集中和系统的阅读，却感到了一种"引人入胜"。重回过去的历史语境，努力去体验荷马史诗常常是在一个集体场合被吟唱的特点和氛围，有些不耐就释然了。比如其中有许多参战部落的罗列，想想当年的听众是多么期盼听到说起自己所属部落的"荣耀"，那当然是最好一个都不要落下啊。

然而，最重要的还是其中的精神质地，那是一种追求卓越的精神；一种不仅是说说而已，而是为此准备战斗和牺牲的精神；一种勇敢地承担起自己的命运，但到最后却也和命运和解的精神；一种自由、豪放，具有英雄气概，但又不乏节制、温情、友谊和怜爱的精神。《荷马史诗》并不以成败论英雄，也不在道德上美化一方和诋毁另一方，不把功劳归于一人或者众人，将帅之间也有很大的自由和平等讨论的空间，人物的个性也就更丰满了。

《荷马史诗》也是后来希腊人精神的源头，甚至是其城邦社会的一个预先写照。当然，雅典最后所达到的民主或者说政治平等是非常彻底的，是此前和此后都不能比的。虽然城邦的功能也是非常有限的，它不管教育，不包福利，但最后却达到了一种非常卓越的文化艺术的繁荣。雅典有它辉煌的建筑、雕塑和精美的瓶画，有它宏大、深沉的戏剧，有它开创性的、充分展现出人性与社会的各个方面的史学著作，还有它确定了此后两千多年西方哲学形态的深刻和广泛的反思。

夏天的时候，又因写一篇《何以为人？人将何为？——人工智能的未来挑战》，开始阅读起初不太以为然后来却甚以为然的相关文献。秋冬的时候，则从一般的价值追求转到思考其中的核心——精神信仰的问题，为此阅读了马丁·路德与奥古斯丁等人的著作，写了一篇《"因信称义"与"因义离信"》的论文。但我不想在这里谈这些了，只是说说那迫近人类的可能最大的科技巨变。

我开始接触对这一科技成就前景的比较通俗、生动和富有吸引力的描述，是读年初出的赫拉利《未来简史》。后来也读了对人工智能等高科技发展相当乐观的如库兹威尔的《机器之心》《奇点临近》和比较悲观的如巴拉特的《我们最后的发明：人工智能与人类时代的终结》、波斯特洛姆的《超级智能：路线图、危险性与应对策略》，以及网上资料，乃至影视和文学作品，感觉我们的确已经进入了一个新的时代。

从物质、经济和技术上用"工业文明"，或者在社会、政治上用"平等"或"民主"来描述这个时代已经不足以充分地描述乃至概括这个新时代了。它也不是仅仅与一个民族国家或者一种政治社会有关，而是对整个人类而言。人类曾经主要是以自己的智能从地球上的所有物种中脱颖而出，成为一个能够与其他所有物种对峙、抗衡，并且战胜和支配它们全部的"超级物种"。然而，在不是太遥远的未来，将有可能出现一个新的"超级物种"，一种"超级智能"，一种先是达到人的全面智能，然后可能迅速地超过人的智能千百倍的"机器"，它的确是产生于人，但它的智能将超越于人。它不必完全像人，不必具有人的情感、历史记忆和哲学沉思，也无须有人类对精神信仰的渴望，这就像今天实际上是"地球之主"的人类也不必具有被他支配的其他动物的感受和体能一样，但是，只要人类具有能够支配物质力量的智能，就能够凌驾于它们了。而新的"超级智能"将具有能够超过人类智能的智能，它就有可能先是摆脱人类，最后乃至成为人类的主人或者终结"智人"这一物种了。这也不必是因为它对人类怀有恶意，自保与效率就足以提供强大的动机了，就像《三体》中所说："我消灭你，与你无关。"

这当然是最危险的情况，可能发生也可能不发生。或者说这个决定权目前还掌握在人类的手里。最早发明"机器人"（robot）这个词的捷克作家恰佩克，在他的剧本中也最早描述了机器人对人类的反抗和取胜。而最早提出对机器人的伦理约束的阿西莫夫，也在他的《转圈圈》等小说中提出了用于机器人的三条原则——不可伤害人类和对此不作为，服从人的指令与在不违反前两条的情况下自我保存，同时也描述了这三条原则难以平衡的困境。但他们都还是二十世纪的作家，他们还没有能够预测到近数十年人工智能的飞跃发展，尤其是那一可能超越人类智能的超级智能的出现，库兹威尔认为这一超越的"奇点"时刻在二〇四五年就要来临，而在一项对相关科技人员的调查中，被问询者绝大多数认为这个时刻至少在21世纪将会发生。

所以，当我再说到两千五百多年前的雅典很"久远"的时候，我开始产生怀疑，从地球、从生命、乃至从人类演变史的观点来看，那并不"久远"。那个时代正是人类在分别地创造对后世具有决定性影响的各种精神文明的"轴心时代"，而作为其共同经济基础的物质文明——主要是农业文明的历史也只有一万余年，作为其社会秩序基础的人类政治文明则只有五千多年。人类的创造力是惊人的。古希腊城邦里的人们在公元前八百多年才重新发明和创制了字母，但在四五百年间就出现了像修昔底德、柏拉图、亚里士多德这样一些伟大的作家和思想家。然后还有后续，同时还有其他文明的许多伟大创制，而这些辉煌的成就会不会恰恰因为人类惊人的指向超级智能的近乎指数级增长的发展而毁于一旦？这一充满希望与危险的前景的确可以极大地凸显"人类命运共同体"的概念。人们希望"美美与共"，但可能必须同时准备"患难与共"，且"患难与共"将比"美美与共"更有可能将人类联合起来。

读书、写作与游历

——二〇一八年读书记

　　一个人文学者出道之初，如果能够有几年不用考虑写作，也不怎么出游，专心读书，那么算是有幸的了。这和求学的阶段读书还不一样，而是已经决定以学术为业之后。这时他不仅需要有文科学生或一般人的文化修养，还应该有一种人文学者的更深厚的修养，还需要有一个比较广阔的学术功底，日后才可以比较自如和扎实地从中选择研究的方向与课题。这闭门读书的几年甚至还可能有一种验证的作用，验证自己是不是真的喜欢学术，如果他觉得读书只是一件苦事或者只是一个手段的话，甚至还可以反悔和改业。所以，当年执掌中研院史语所的傅斯年规定进所的年轻人头三年不发表论文可能不仅是宽宏的，还是明智的。

　　我也曾经有过这样的幸运，有过几年单纯闭门读书的好时光。但后来就被赶上架了，读书和写作就比较紧密地联系在一起了。当然，也可以说，写作其实很早就开始了，甚至也应该早就开始。前面所说的"不写"只是指不为发表而写作。对有些重要的经典，哪怕是仅仅重述的"抽屉写作"，也比仅仅阅读的效果好。而且，写作也同样是一个验证，验证我是否不仅喜欢读书，还的确能有自己的心得，并且能够将自己的所得写出来贡献于人。

今年上半年我为了写一本给孩子看的人生哲学的书，读了一批有关人生哲学的书籍和资料，等于是重温哲学基本知识。但有些书可能是读深了，比如说包括读威廉斯的《伦理学与哲学的限度》，或者自己的写作不能深入浅出，写出来的书估计是孩子不会看了，也许青年可以看。

下半年想补充一个长久被忽视的视角，就美国的保守主义写点什么。为此读了江西人民出版社的一套七本"西方保守主义经典译丛"的大部，像伯克、迈斯特的著作是重读，但也新看了《多余人的回忆》，翻阅了《我们的敌人：国家》《耶鲁的上帝与人》《思想的后果》等。为了了解美国保守主义的源流，也读了像纳什等有关美国保守主义知识分子历史的书，但重点还是读两个人的著述。

其中一个是索维尔，以前曾经为他的《知识分子与社会》的中译本写过序，也看过他的《美国种族简史》，但那时并不很清楚他在美国思想知识谱系中的位置，这次除了看他的经济学论著，也买了他的其他一些著作，后来发现在网上有他的专门网站，收了他的许多文章。我还读了他的回忆录《一个人的奥德赛》等，他叙述了自己童年在南方生活，失去父亲而被寄养，后来到纽约住在哈莱姆，中学就失学做工，但最后还是成为大学教授的过程，他出身于非洲裔，但却反对对自己族裔的特殊照顾，强调一种奋斗精神和自强者的心态。

索维尔或可说是属于美国保守主义中的自由至上主义一派，这一派常常和经济学有联系，特别反对政府的过度干预。保守主义的另外一派，或可说是更重要的一派，就是主张保守传统信仰和道德的一派了。这一派我主要读的是柯克，他的《美国秩序的根基》中译本今年刚刚问世。柯克将这一秩序的精神根基一直追溯到了犹太教先知。他还有一本重要的书是《保守主义思想：从伯克到艾略特》，系统梳理了从伯克以来的重要保守主义思想的历史。他也有一本回忆录《想象之剑》，是用第三人称写的，比较特别。

政治哲学和理论方面，还大略读了福山今年秋天新出的《身份政治：对尊严与认同的渴求》。更早时，为了给江西人民出版社出版的一套"西方正义理论译丛"写序，也读了这套书的几本，主要是拉菲尔的《正义诸概念》和米勒与沃尔泽编的《多元主义、正义和平等》。暑假还读了《皇帝的两个身体：中世纪政治神学研究》，以及阿甘本、齐泽克的一些短著，年底则读了反映西方知识分子对英国脱欧和特朗普当选的反应的一本文集《我们时代的精神状况》，并翻阅了赫尔岑的《往事与随想》《彼岸书》，俄罗斯文学与思想还是我的深爱。

这一年来还走了一些地方。读书和游历的结合也是许多读书人的梦想。古人说"读万卷书，行万里路"，今则有人改为"读万卷书，行百万里路"。我们今天的确能够走得更多更远了。我们有时会带有某种研究目的去旅游，这样，在行前自然要读书，回来也要读书。但有时其实可能是读书读累了，烦了，不想读了，就去旅游，回来可能又想读书了。这后一种旅程的途中，就主要是读大地天空、人间社会这样的"无字之书"了。

今年我这两种情况都有。暑假的前南斯拉夫四国之行是带有某种研究目的的。所以行前行后都看了不少书，尤其是关于前南斯拉夫的分合与战争的历史著作。还有一些个人的回忆录如《生死巴尔干》，甚至还有巴尔干唯一的诺贝尔文学奖获得者安德里奇的长篇小说《德里纳河上的桥》，其中形象地描述和验证了我以前在《统治史》中读到的一种政制：为了防范权力世袭带来的问题，奥斯曼帝国从远方的欧洲地区抢掠或"血贡"一些优秀的孩子，带到首都来接受良好的教育，这些人被切断了和原来家庭与故乡的联系，虽然是奴隶出身，其中的一些佼佼者却又能执掌大权，成为将军乃至宰相，但他们也只能是及身而止。那座德里纳河上的宏伟桥梁，就是昔日从这里出来的一个这样的宰相下令兴建的。

亲历现场可以加深和补充读书难以得到的体验。在面对萨拉热窝拉丁桥的旅馆小阳台上，除了晨昏凝望，可以听听博物馆的人员出来到现场讲解当年普林西普是如何刺杀奥匈帝国的大公的，还可以听听旅馆主人夫妇讲讲萨拉热窝被围困期间如何躲避旁边山上狙击手的枪弹。

明清之际的顾亭林是喜欢结合读书和游历的。他阅读了大量实录、方志等史籍，也走了许多山川隘口，实地考察政策的得失利病，最后形成了《天下郡国利病书》一书。我不敢有此宏大计划，但今天的中国人却不仅可以走中国，还可以走世界，有时能反观中国的一些问题，像这次的巴尔干之行我就感到两点。一是前南斯拉夫几个国家虽然经历了分裂和战争，经济曾遭受重创，但几乎所有的户外景点，无论是自然美景还是历史遗迹，却都是免费开放，四通八达，没有像国内景点那样到处圈起来孜孜谋利的。二是也不追求绝对安全，杜绝一切事故。所以，我可以从杜布罗夫尼克城堡的小门，下降几十米到怪石嶙峋的海边跃入水中畅泳，仰看夕阳下美丽的城堡。而回国后哪怕到几乎是风平浪静的海边沙滩，却到处可见"禁止游泳"的告示。有些事情其实是可以让个人判断并自负其责的。

秋冬之际在南加州的一些旅行则主要是后一种目的——读"无字之书"了。而且我还爱上了露营，它可以更接地气，也验证和调动自己的生命力。在沙漠的边缘，见识了一家贫穷白人的生活；在约书亚树公园露营，于寒气袭人的暗夜，看到了马斯克的火箭回收；在松露山顶，沐浴了皎洁的月光和清冷的空气；在死亡谷的谷底，则第一次看到了那么多的、布满整个天空的灿烂星斗。

保守政治与存续文明
——二〇一九年读书记

二〇一九年，我的读书和写作还是比较紧密地联系在一起。我曾经谈到过，一个人文学者出道之初最好有一段完全不考虑写作的阅读时期，但我也认为，对一个学者来说，写作，包括学术的写作也终究还是不能放弃，至少对现在的我是这样。写作的计划可以帮助我读书更加集中、专注和不易忘记。而学术的写作还可以在一定的规范内，尽量澄清思想，使之条理化，发现内容不足和逻辑不周之处。这些是仅仅读书，尤其散漫的读书不容易做到的。

我上半年的思考和写作兴趣主要还是在保守主义，这也就使阅读主要限于政治理论的领域。虽然保守主义的思想家常常并不打算构建一个理论的体系，但我以为，作为一个客观的研究者，倒还是可以分析一下保守主义思想的一些基本要素或特征。为此先读了塞西尔的《保守主义》、斯克拉顿的《保守主义的含义》、柯克的《保守主义思想：从伯克到艾略特》、纳什的《1945年以来的美国保守主义思想运动》等一些概述性和历史性的著作。

伯克的思想是保守主义的一个恰当起点，它也最为全面地反映了保守主义的各个特征。要了解保守主义的精神本源，在伯克那里多花一些时间是值得的。为此重读了他的主要著作，以及传记等。法国的迈斯特则是另外一种风格的保守主义，他的著述伸展到了伯克思想中没有触及或深入的一些话题，比如天意和护神论的问题。当然，他也填补了我们目前所关注的保守主义思想内容的一些空白。保守主义接纳文明的多样性，它的诸多思想者本身也具有一种思想和风格的多样性。

在读二十世纪的保守主义著作的时候，也遇到一个鲜明乃至奇怪的对照。英国方面我主要是读欧克肖特的两本著作：《政治中的理性主义》和《哈佛演讲录：近代欧洲的道德与政治》。作者没有近两百年前的英国同胞伯克那种对上帝的虔诚信仰了，但在晚年的时候也说他遗憾没有研究奥古斯丁。欧克肖特是一个体制内的、有绅士风度的学者，不仅限于政治理论，在认识论等方面也富有建树。在法国方面，我是细读了薇依的两本书：《扎根：人类责任宣言绪论》和《在期待之中》。她会是一个保守主义者吗？我觉得基本上像是。她努力扎根底层，强调义务和责任。我同意艾略特所说的，她深切关怀普通人，还特意去做过工人和农工，但另一方面，她本性上又是孤寂的，是位个人主义者，对她所说的那种"集体"——现代极权主义所创造的怪兽——怀有深深的恐惧。

我自然还读了保守主义中重要的一支——哈耶克等一些比较坚持古典自由主义的学者的著述，他们大多集中在经济和社会领域。尽管他们本人可能否认自己是保守主义者，但不断进步的时代已经将他们视作保守派了。在中国读者的保守主义阅读方面，冯克利主编的一套"西方保守主义经典译丛"甚佳，弥补了我们以往思想关注的冷门。我的这一阅读一直持续到夏天，暑假的时候还系统地读了艾略特的诗歌和剧作，也看了霍桑的《红字》等小说，还有白壁德、桑塔亚那的一些文字。

我也注意与保守主义对峙的另外一端，也就是进步或激进的一端。为了写一篇有关身份政治的思想溯源的文章，读了查尔斯·泰勒的《自我的根源：现代认同的形成》等著述，比较集中的阅读则是卢梭，乃至尝试全面地阅读他的所有著作，这也就到了夏秋之际了。

但如果说我开始读卢梭的兴趣是偏政治理论的，在阅读的过程中则开始转向对文明的思考了。这也和我近年对人工智能等高新技术的关注有关。我在年初写的一篇《回到"轴心时代"思考人工智能》的结尾谈到，我们也许需要回到人类最初创造文明以及精神文明的起点，除了思考人类的繁荣富强之道，也思考人类及其文明的长久延续之道。在卢梭的两篇第戎学院的征文中，有他当时颇不合时宜、现在却耐人思索的对文明的批判和反省。当然，我不会走那么远——因为文明发展到科技引领而有了专注于物的现代弊病和当代危险，就试图回到文明之前去。我还是希望人类是在保有文明的前提下，努力去防范和补救这些弊病和危险。

鉴于今天日新月异的高新技术的一个特点——可能对人类文明带来难以预测的严重后果，我还得尽力弥补自身想象力的不足。我想看看在尽量展开想象的翅膀的科幻作家笔下，科技究竟能够达到什么样的高度，当然，也注意他们描述的困境和后果。所以，也开始读大量的科幻作品，先是读了刘慈欣的《三体》，思考其中提出的道德问题："如果存在外星文明，那么宇宙中有共同的道德准则吗？"正如康德的著名的一段话所展示的，星空与道德律本来都是让人感到敬畏乃至互相支持的，但现在的星空，或者说人们想象中的星际关系，却构成了对道德的巨大挑战。

接着《三体》，我读了刘慈欣的几乎全部科幻小说，也读了一点其他中国的科幻作家郝景芳、宝树，西方的克拉克、文奇，当然还有阿西莫夫的作品。阿西莫夫的《最后的问题》中，在人类进步了亿万斯年，从繁荣强大到奄奄一息，变成了硅基动物直到最后化归于无之后，唯有长存的不断进化的超级计算机说出了一句话："要有光。"

我希望着重考虑文明的两端。一端自然是文明的开端，甚至也追溯到人类的开端，乃至宇宙的开端。读了一些写"大历史"的书，也努力去理解宇宙大爆炸理论，理解霍金，理解卡洛·罗韦利所述的《时间的秩序》，好奇大卫·赖克通过对古DNA的研究所述的《人类起源的故事：我们是谁，我们从哪里来》，惊叹悉达多·穆克吉《基因传：众生之源》中所展现的基因科学在一百来年中取得的巨大进展。但我仍旧感到，近代以来，虽然人类从宏观到微观知道了很多很多，但还是有一些根本的东西人们并不知道，而且还不想知道。

文明的另外一端则是我们现在所处的这一端。这两端都是人类主要用力于"物"的两端，在开端是打下物质文明的基础，随后才有政治文明与精神文明，在现代这一端则是冲上物质文明的高峰。科学技术，以及它们所推动的经济都发展到了过去数千年人类无法想象的高度。但是，我们是否也进入了一个牢笼？在文明的三大块——物质文明、政治文明与精神文明中，物质文明现代的发展可以说是速度最快、成果最多的，政治文明也取得了不少的进步（但有些"进步"也可能是不真实的），唯独精神文化不仅没有同步兴盛，反而有衰落之势。更重要的是，人类的精神和道德自控能力能否跟得上控物能力的飞跃发展？

这也就到了冬天，也是读哲学的好时光。接近年底的时候，我主要是读海德格尔，了解他对时代的预见；他对物性，以及人与物的关系的认识；他对技术本质的追问；以及对尼采永恒轮回思想的解读。我在想，我的思考和阅读是否也兜了一个圈子，又回到了一种保守的低调，即不去多想未来还可以多么灿烂辉煌，而是尽量保守人类所能保守的东西，其中最重要的当然是保存生命和延续文明。

萧功秦：《家书中的百年史》

作者的家史跌宕起伏，叙来朴实有味，又加上作者的政治见识和史学功底，将对自身家族的观察与内省，和中国社会近百年翻天覆地的历史联系起来思考，就还具有了一种思想的意义，帮助我们认识二十世纪这一可能在中国历史上最重要的世纪。

托马斯·索维尔：《知识分子与社会》

阅读这本书或许可以使我们看到，西方社会与中国社会所面临的问题其实是有相当不同的一面的，故而中国知识界与西方知识界的问题意识也应当有所区别。有些在西方不足为患，甚至是有益的批判和调整的思想，而在另一些国度则可能引起严重的灾难。二十世纪我们已经有过这样的一次观念伤害，切勿二次伤害。

玛莎·纳斯鲍姆：《善的脆弱性：古希腊悲剧和哲学中的运气与伦理》

钱穆曾说我们应该努力读一些大书。这本译成中文有八百多页的书大概也能算是一本大书。作者纳斯鲍姆是当今美国一位富有影响力的女哲学家。本书是她早年的作品，但却奠定了她作为当代杰出思想家的地位。这里所说的"善"（goodness）并不是特指道德品格的"善"，而是指人们生活的全面的"好"或者说"幸福"。她探讨了古希腊悲剧中的运气与伦理问题，强调了情感的认知作用。我并不是完全赞同其书的观点，但却认为它和时下流行的一些著作（比如《反脆弱：从不确定性中获益》）有根本的差别，后者有点像是江湖术士之作，而她的著作则是一部必须认真对待的深思细研之作。而且，我们也许可以借此机会再一次接受高贵的希腊悲剧的洗礼。

艾瑞克·霍布斯鲍姆：《断裂的年代：20世纪的文化与社会》

霍布斯鲍姆的书一直都是值得读的，比如他的年代四部曲，他写盗匪等边缘人的著作和他自己晚年的回忆录等许多书都很耐读。最近中信出版社推出的他的遗著《断裂的年代：20世纪的文化与社会》亦如是。他基本的看法是二十世纪的文化、艺术是走向衰落的，这点和巴尔赞《从黎明到衰落：西方文化生活五百年，1500年至今》有相似之处。但是，这一衰落的原因究竟是什么？它是暂时的还是持久的，甚至它是否就是人类文化由基本上行走向基本下行的转折点？未来人类文化的前景将会怎样？这许多问题估计还会有诸多的争议。但我们大概首先得正视这一现象。

雷蒙·阿隆：《和平与战争：国际关系理论》

法国阿隆的《和平与战争：国际关系理论》是一部厚重之作。大约十年前我曾啃读这本国际关系名著的英译本，现在终于有了中文译本。这可能是这位思想明快的学者写得最为晦涩的一本书，但他的思想还是相当清明的，可以说代表着与萨特的激情相抗衡的一种理性，而最后证明还是他对时代的分析和预言更为准确。

雅克·巴尔赞：《从黎明到衰落：西方文化生活五百年，1500年至今》

这是我半年多来所花阅读时间最多的一本书，它也的确值得花这么多时间。作者巴尔赞一九〇七年生于法国，二〇一二年逝于美国，著作等身，堪称高产高寿。他长期担任哥伦比亚大学历史学教授，涉猎之广，被赞誉为"最后的文艺复兴人"。不过，他最重要的研究领域还是文化，包括哲学、宗教、艺术、科技、社会制度与日常生活等方面的历史。我总以为阅读历史是比较靠得住的，远胜于追逐各种新奇的理论和时髦的概念，何况这本书还是巴尔赞这样一位大师级的文化历史学家的一本晚年总结之作。在这本书中，巴尔赞考察了我们最感兴趣的，我们今天也置身其中的近代以来的文化与社会的变迁。当然，他观察的是作为近代先导和主导的西方文化。他以四场"真正的革命"为标志来对这五百年进行划分——宗教革命、君主制革命、自由革命和社会革命，而他最后得出的结论是这五百年西方文化经历了一个从兴盛到衰落的过程。虽然有科技的无比扩展和进步，但其内部作为灵魂的文化衰落的趋势却从隐藏变得显见。让人进一步忧虑的是：这种衰落是暂时的还是持久甚或永久的？是仅仅西方的还是人类的？是否不再有此伏彼起，而是走到了人类文化从总体上下行的拐点？

茅海建：《戊戌变法的另面："张之洞档案"阅读笔记》

茅海建翔实的近代史研究较早是集中在其开端如鸦片战争、咸丰皇帝等，而近些年却专注于戊戌变法。他著有《戊戌变法史事考》《戊戌变法史事考二集》《从甲午到戊戌：康有为〈我史〉鉴注》，最近又推出了《戊戌变法的另面："张之洞档案"阅读笔记》。这些著作均是他多年泡在档案史料中爬梳，且富有史识卓见的厚重之作。他试图探讨历史的真相，而戊戌变法的史实和解释多年来往往是一面之词，他试图展示长期被遮蔽的戊戌变法的另一面。这里优先的还是史实。对一段历史可以有多种解释，即便是根据真实的历史材料所做的解释也有可能是错误的，但根据虚假的历史材料所做的解释则一定是错误的。

奥利维埃·罗兰：《纸老虎》

从巴黎回来，读完了罗兰的小说《纸老虎》。脑海里还浮现出这位昔日"五月风暴"的积极参与者的面影——一个可爱但已历经沧桑的老头，而他年轻时一定更加英俊可爱。但是，这主要是情感上的，与思想不很相关。作者也在反省当年。作者曾以为个人是可忽略的，甚至可鄙视的，书本文化是没有多少意思的，知识不多的人应当去教育知识较多的人。而今天他说"我不再相信革命，也不希望它发生。哪怕今天我认为金钱在法国和世界的霸道强势不可接受"。他还是会抗议，通过文学和小说抗议，且对任何政治组织和口号都抱有警惕。当年他最激烈的时候所参加的组织，虽然也有暴力，但他禁止自己开枪杀人，这是最后的底线，而这一点或许救了他。今天他承认："我们想当老虎，但我们是纸做的。"有一种更强大的东西，不是在少数人那里，而是在多数人那里；不是在有权势者那里，而是在无权势者那里。这种东西或被有些人看不起，但却可能正是它拯救了世界。

刘大鹏：《退想斋日记》

最近想推荐几本日记和回忆录。第一本是《退想斋日记》，作者刘大鹏生于一八五七年，卒于一九四二年，是前清举人，担任过塾师多年，长期生活在社会基层。他从一八九〇年到临终写了五十多年日记，现尚有四十多年日记存世，为我们观察中国社会在上一个世纪之交及之后的巨变时期提供了宝贵的史料。我二十世纪九十年代在撰写《选举社会及其终结：秦汉至晚清历史的一种社会学阐释》时，曾利用了其中一些史料，深感其记述的详尽和忧国忧民的情怀。后来又有海外学者曾依据其著述写有专门的研究著作。我深信，我们如果能抽一些时间，多读一些最原始的史料，将远胜过读时下一些"高头讲章"。

胡适：《胡适留学日记》

最早读《胡适留学日记》，还是二十来年前在哈佛访学的时候，读的是民国期间名为《藏晖室札记》的版本，同样置身于异国学术环境，读来别有一番滋味。胡适是勤勉细心的人，而且认为通过记录和写作能够很好地整理自己的思想。故而他的日记越写越长，不仅有读书的札记，也有文章的雏形。读了这些日记，就不难理解胡适在新文化运动中所谓"暴得大名"有机遇的因素，更有他自身的勉力思考和悉心准备。如果要了解一个人文学者是怎样在海外成长的，大概没有比这更好的书。同样属于这类"成长"书的，还有比如贺麟在哈佛的日记和季羡林在清华园的日记。

吴宓：《吴宓日记》与《吴宓日记续编》

《吴宓日记》十册，吴学昭整理注释，生活·读书·新知三联书店一九九八年版，收吴宓先生（一八九四至一九七八）从一九一〇年他十六岁将赴清华学堂前至一九四八年的日记。《吴宓日记续编》又十册，收吴宓先生一九四九年至一九七四年他因眼力衰弱而搁笔时止的日记，同样是吴学昭整理注释，生活·读书·新知三联书店二〇〇六年版，但列入了"内部发行"。这二十册日记几乎是和二十世纪最动荡的六十多年同行，虽然中间因为未写、被抄、被焚而有遗漏，但大致还是从一个侧面比较完整地反映了这个巨变时代的社会变迁。正如其学生钱锺书在序中所言，吴宓"为人诚悫，胸无城府"，读其日记，"未见有纯笃敦厚如此者"。但正是这样的读书人在二十世纪的风暴中最易受到冲击而难以自保，其女儿吴学昭写到，尤其到了"文革"期间，几乎任何人都可以对她父亲任意嘲弄侮辱。然而，即便在牛棚里，他还想尽一切办法写下日记——哪怕这可能成为他新的"罪证"，不争一日之短长，不吝强权弱小之得失，他修辞立其诚，书写贵其恒。大概正是因为有这样一些顽韧者，比较全面和准确的历史也就这样留下来了。

顾颉刚：《顾颉刚日记》

从一九一三年到一九八〇年，虽然也有间断，但大致有六百万言的《顾颉刚日记》，无论从量还是质来说都蔚然可观，或可与《胡适日记全集》《吴宓日记》正续编，并称为"二十世纪的三大学人日记"。此书由出过多卷《顾颉刚读书笔记》的台北联经公司出版，前有余英时先生写的长序《未尽的才情》。顾先生一九二〇年毕业于北京大学哲学门，其成就却在历史，尤其所编《古史辨》影响最大，开始廓清传说的"历史"。但此一思潮后来遭到钱穆先生的阻击，认为国人对国史须有一种尊重和同情。若十年前我读《古史辨》也写过一篇小文《疑疑古》，大意是说，传说及其影响也的确进入了中国历史。这次读其日记，感其认真执着的治学和诚挚的情感，也感叹他后来的命运——屡遭批斗，甚至在家中也不能安宁。顾先生早年曾谈到他对政治有警惕，想保持距离，对学术共同体的事业还是相当投入且富有成效，但晚年有幸而又不幸只能总揽标点二十五史，虽然功不可没，但是未尽其才。

位梦华等：《最伟大的猎手：阿拉斯加北极的爱斯基摩人》

二〇一四年《三联生活周刊》第一期专辑"北极故事"有作者的介绍。位梦华是中国的一位地质科学家。他小时候有些多愁善感，甚至悲观厌世，梦想是躲到长白山的密林中搭个窝棚生活。从一九九一年起，他却去了九次北极，最长的一次住了一年多，开始主要是为了科学考察，后来却更多的是出于一种深深的感情。这本书开始写到了人类的起源和发展，文明的历史实在很短很短，也越来越快：公元前八千年左右，才出现农耕文明，然后有了有文字的历史；工业文明的历史则只有几百年；近年飞速发展的高科技文明则只有几十年。以昔推往，往后的演变速度还会越来越快吗？道路将通向何方？而在人类文明出现之前，时间却似乎是缓慢和停滞的，虽然速率也是加快的。地球上的生命用了整整三十多亿年，才从单细胞生物进化到了极其简单的多细胞生物；然后又花了几亿年时间，才演化出了像恐龙那样巨大而复杂的爬行动物；再用了大约六千万年，才出现了人类。人类用五百多万年的时间才从直立行走学会了制造最简单的石器工具，再用了几万年时间，才步入了我们上面所说的文明。今天如此飞速的科技发展让人们欣喜，但会不会也有人感到一丝寒意？

说到这里有点像是题外话了，但对于无缘宗教信仰的人来说，不妨有时将时段尽量拉长，或者看看那偏远的极地民族的生活，或许可以使我们的眼光和心思稍稍脱离过分的世俗和执着。

约瑟夫·布罗茨基：《小于一》

布罗茨基这本书是一本适合岁末读的书，是一本回忆的书。他回忆自己的经历，回忆故乡的城市，回忆几位著名的诗人，也回忆自己的双亲。他出生于苏联一个犹太人家庭，做过真正的工人，也写诗发表在地下刊物，但被当作"社会寄生虫"判刑五年，并流放西伯利亚，后来又被强制遣送出境。这本书起首一篇《小于一》是说一个人不到"一个"的感受，末尾一篇《一个半房间》是说他和父母住的地方，那是一段几家共用厨房厕所的日子。布罗茨基回忆他的父母只是尽力而为地保证桌上有食物，并尽可能省下几个卢布供孩子买书看电影，他们甚至还是希望教育儿子顺从体制，但可能是一种基因与境遇的结合使这一教育并没有成功。当唯一的儿子久不得归之后，十二年里，已经退休的他们到处填表求人，试图出境去探望一次儿子，但是一次次不被批准。于是，有一天，他接到了亲人死讯的电话，出门走进了异国的下午，"充满某种既不是语言可以形容的，也不是哀号足以表达的感觉……"极权主义是要摧毁亲情的，甚至到了后极权时代也还是会压抑。这一点还可从今年出版的《耳语者：斯大林时代苏联的私人生活》里看到。但也许正是因为极权机器的手伸得太长，它也可能慢慢被亲情和常识渗透和撕开，最终被人性和道德打败。布罗茨基其实是写得相当含蓄和节制的，只要稍稍有美，他就掉头张望，毕竟生活中不是只有政治。诗歌在他的心目中位置最高，他分析起一些诗作来极尽缠绵。这次他舍弃了他挚爱的俄语，而是用英语写了这部回忆，希望因此给它们一点自由的空间。

戴维·埃德蒙兹：《你会杀死那个胖子吗？一个关于对与错的哲学谜题》

想介绍几本通过思想实验或实例分析来讨论道德、政治和法律哲学的书，不妨就从本书开始。这个"胖子"不是最近一部闹得沸沸扬扬的电影中那个著名的"胖子"，而是一个虚构的"胖子"。看过哈佛教授桑德尔有关公正的视频第一集的读者，都会记得那个电车司机是否要改换轨道来救五人死一人的著名难题，还有是否要推下桥上的胖子来阻止电车的另一个难题。据BBC对数万人进行的调查，多数人赞成前面的司机改道，却反对后面的推人，那么，这两个情境究竟有什么不同，使大多数人面对救五人死一人的同样结果，却做出了不同的评价和选择。这本书还不止于分析这几个有助于逼出人们心中潜藏的道德原则的个案，也不止于介绍电车难题起源和演变的来龙去脉，它还探讨了许多其他的道德困境的例证，介绍了在西方近年较为热衷的一种以思想实验探讨哲学的方法。

彼得·萨伯：《洞穴奇案》

"洞穴奇案"是一个虚构的"人吃人"的案件，但现实生活中确实存在着类似的案件，比如十九世纪在一艘救生艇上发生的"杜德利案件"。先是著名法学家富勒稍稍改变条件，虚构了这个在洞穴中发生的悲剧，旨在聚焦五种主要的法学观点将会对之做出怎样的判决。近半个世纪之后，萨伯又根据新发展的法学观点，增加了九份法官的判决。然而，有罪还是无罪的判决基本还是相持不下。

作为一本书，《洞穴奇案》重要的不是列举各种案件，或变换、虚构一些条件以得出某个结论，而是试图引出各种已经存在的不同的法学理论与观点来进行比较验证。在富勒的版本中，主张尊重法律条文和维持法治传统的两位法官认为食人者有罪，探究立法精神和主张以常识来判断的两位法官认为无罪，而深感法律与道德两难的一位法官则选择弃权。在萨伯的"九位法官，九个延伸观点"的设计中，主张判案的酌情权、强调实际结果是一命换了多命、动机与选择的难以避免和可理解性，以及尽量对当事人的处境设身处地考量的四位法官认为无罪，而主张撇开己见、每一生命都具有绝对价值、强调契约与认可判决的道德示范效应的四位法官则认为有罪，还有一位法官则觉得还是摆脱不了种种冲突而选择回避。也许，强调普遍性和义务论的法官会较为倾向于判决有罪，但即便是他们，也常常不反对行政赦免。最后，我们也许还可以考虑针对不同国情将强调的观点会对判决带来的影响。所以，如果有法律思想者继续设计有其他非西方或中国的法官的介入而带来新的观点，或许会是一件有意思的事情。

菲利普·津巴多：《路西法效应：好人是如何变成恶魔的》

这是以一九七一年在斯坦福大学进行的一个以真实实验为基础写成的一本书，而且，作者津巴多教授就是当年实验的组织者。在那个实验中，自愿参加的学生以随机的方式被分成了两组角色，其中九名学生担任监狱中的"囚犯"，还有九名学生以三人为一组轮班担任"看守"的角色，结果是有了一定权力的"看守"们真的开始虐待和迫害"囚犯"们。

但这本书其实是写得有些沉闷的。在读这本书时，也可参阅两部根据这一实验改编的电影，一部是二〇〇一年的德语片，一部是二〇一〇年的英语片，中文名叫《死亡实验》。还有一部同样揭示出人性的电影《狗镇》则更为惊心动魄。这样的作品大概最值得欲从事政治或设计政治的人们观阅，因为，政治制度的作用或就是要让人做"合群"的事，但又不要把做事人心中潜在的"恶魔"释放出来。

塞缪尔·E.芬纳：《统治史》

在春节休假的十天里，读完了英国牛津大学已故著名政治学教授芬纳的三卷本《统治史》。这是一本系统地讨论世界各国的政制历史的巨著。福山在其《政治秩序的起源：从前人类时代到法国大革命》中有一节的标题是"仅了解一个国家等于不懂国家"，这话或许言之过甚，因为人类文明曾有互相隔绝、各自立国的时代。

但在条件许可的情况下，尤其是今天，要透彻地了解国家政治和制度，的确是最好能持一种世界的、历史的和比较的眼光。而我关注的还有这种种政治制度在其形成、运作和产生的结果与影响中实际表现出来的理念，尤其是具有道德意义的理念。正是这些道德理念可以使我们不仅从效率、技术等角度来理解和评论政制，而且还可从正义与否或公正程度来理解和评论政制。

爱德华·吉本：《罗马帝国衰亡史》

读这部六卷本的厚书，首先是对作者，也对译者表示一种敬意。译者曾经是一位将军，是在退休之后才开始翻译这部巨著的。他还翻译了三卷《希腊罗马名人传》。我不想多说了，这是一部典雅、沉思和忧伤的史著，不读一读是会后悔的。读时还可参看《吉本自传》，里面写到了他发愿写这本书的契机。

大卫·休谟：《英国史》

近来还是特别喜欢读历史，包括啃一些大部头。休谟的《英国史》，像吉本的《罗马帝国衰亡史》一样，也是一部六卷本巨著。英国开始有上千年不断攻伐的历史，打来打去，最后是三个条顿民族撒克逊人、丹麦人、诺曼人和原来英国土著的混合，以及国王、贵族、教会、平民的争斗和妥协，形成了现在的英国民族和宪政历史。如果说对前面的迷信、杀戮和混乱印象深刻，再读卷首休谟回顾他一生经历和著述的清明与平和的自述，会吃惊这之间不过就隔了几百年。即便在一二一五年国王和贵族们签署了《自由大宪章》，后面还是经过了不少重申、流血和权力的博弈，才比较稳固地确定下来，且将权利保护的范围扩大到社会所有成员。

阅读此书可能会涉及对译文的争议。可能会有些人很喜欢，觉得够味；也可能会有些人很不喜欢，觉得离谱。译者的风格比较古奥，因为要适应这种文体，可能有些地方会像编译，即为了"雅"，或许会稍稍损"信"。无论如何，这是一种风格，一种让人想起清末民初几个高手译著的风格，至少对于我来说，现在难得重睹，反而别有滋味。

托马斯·麦考莱：《麦考莱英国史》

也许和重视经验有些关系，在西方人里面，英国人的重视历史和中国人似有一拼。不仅近代哲学家如休谟，现代政治家如丘吉尔写出了多卷历史经典，诗人麦考莱也写出了漂亮、厚重的历史著作。虽然有些重合的地方，但麦考莱的这套五卷本的书（中文译著尚未出齐），基本上是接着休谟《英国史》结尾的时代的，主要是撰写英国"光荣革命"的历史，而其第一章对此前英国的宪政历史有一个简明扼要的回顾。其中谈道："我们的民主是最贵族的，我们的贵族是最民主的。"对教会的作用，他认为教会在野蛮和黑暗时代还是利多，在开明和良治时代则弊多。将这套书与休谟的书合观之，或可看到一部比较完整的英国宪政史，虽然两人的历史观和著述风格都有些差别，但都是良史。

这样好的历史著作现在才有译著出现，作为一个读者，我感到遗憾，而作为一个曾经的译者，甚至还有些羞愧。中国作为一个翻译大国的历史已经有一百多年了，翻译出版的译著不计其数，而像休谟、麦氏和兰克等人的历史经典著作却还是漏掉不少。我以为我们与其去追逐一些当代西方在观点上标新立异的时髦书，还不如去看他们的一些老的经典，尤其是一些叙述现实社会和政治过程的历史经典。

《三联生活周刊》

《三联生活周刊》也一晃创办二十多年了，但它还是在努力追求年轻与文化时尚。它做得最好、最用心力的自然还是它的"封面故事"专题，虽然有一些专题我不感兴趣，但知道一定有较多人感兴趣。它能够抓住社会生活的热点，发来第一手的记者深度报道，而且又在搜集大量国内外资料的基础上进行广博的介绍，富有新意，也颇有知识的含量。与之呼应的还有它的"社会"标题下的几个专栏，也都有故事和看头。

在这本刊物里，作者不太重要，话题最为重要，写法也很重要。做好一个话题并不容易，而这本周刊的主流写作风格大概是一种洋洋洒洒的风格，有许多新知，但不会有太强的思想倾向或立场，甚至可以说与"思想"专栏的人一定不能有自己的思想，他就是尽量客观中立地介绍国外的新思想。而说到思想性专栏的话，有点可惜了《SOHO小报》，以及承接它而来的《信睿》，它们现在都停刊了，但我以为在以后的期刊史上或应有它们的位置。

《三联生活周刊》的确没有像有的杂志那样深厚沉淀，但已经是我们时代一份不可替代的刊物。每次我拿到新的一期，都是从其最后一页的"民间文本"读起，这往往是每期杂志中最有沧桑感、历史感乃至命运感的一篇，经常是写一些普通人物，而且不少是老人。而读主编写的掉书袋的历史文字反而没有这种感觉。

无论如何，如果我要想了解这个时代的最新潮流，触摸这个社会的年轻脉搏，这份杂志大概会是我的首选。

李泽厚：《伦理学纲要》

李泽厚著《伦理学纲要》如其所陈，是从他以前的著作中"有关论议伦理学的部分摘取汇编而成"。所以，它和通常的伦理学教科书乃专著形式上就不一样。作者敏锐地抓住了伦理学从传统向现代转型的一个关键，这就是对两种道德的区分，他将其称为"宗教性道德"与"社会性道德"。这后面也是对信仰价值与行为规范、好与正当的区分。这一区分或许是无奈的，但也是恰当的，虽然他也像提出"启蒙与救亡"的命题时一样，未过多提及促使他形成这一命题时受过的启发。

李泽厚的研究领域宽广且在各个领域都富有创造力和思想建树，但其间也还是能看到他研究重心的一些转变线索，比方说，虽然李泽厚早年的美学著作迄今在中国的美学领域还是很有影响力，但他的研究重心早就不在美学了。单纯的美学只是哲学领域中的一小块，而道德与政治哲学，或者说统称为实践哲学的部分则是哲学领域的半壁江山。我们在几乎投入最多激情的、也的确是最为重要的争论中，发现最后其实都是有关伦理、正义、正当与合法性的争论。但人们对伦理的字眼往往不提，或者持一种否定任何道德评价的态度。这也许和传统的对"伦理""道德"概念的理解有关，即一是把伦理传统地理解为个人的、修身的道德，二是把伦理传统地理解为高蹈的、信念的道德。

李泽厚的一些近著，包括最新出版的有关桑德尔的书都和伦理学有关。所以，我这里还想借此谈到或许有一种中国思想学术界研究的趋势，即一些原本非专门研究伦理学的学者研究重心向伦理学的转移，乃至可能出现一种"伦理学的转向"。除了像李泽厚推出《伦理学纲要》等著作，以前研究海德格尔、知识论、语言哲学等领域问题的陈嘉映刚刚出版了一部展现其独特哲学思维的《何为良好生活：行之于途而应于心》，以前研究社会学、社会理论的学者李猛回国后来到北大哲学系伦理学教研室，转向集中关注政治与道德哲学，他出版了一部人们期待已久的新书《自然社会：自然法与现代道德世界的形成》。这三位，李泽厚、陈嘉映、李猛，恰好是老、中、青三代学人中富有影响力的突出代表，现在都似乎将研究重心——至少在一段时间内——转向道德与政治哲学。如果像伯林那样把研究政治的根本规范和价值的政治哲学也视作伦理学的一部分，不妨将道德与政治哲学统称为"伦理学"。

伦理学本身其实也是有一种内部的研究重心的转移的，即其讨论重心不再是有关个人生活方式或价值信仰的人生哲学，而是有关社会行为及制度伦理的规范性理论。所以说，今天的伦理学其实是更接近于政治哲学，而不是更接近于传统形态的人生哲学，这后面有一种现代社会的力量和趋势在推动。这也是我特别想推荐李泽厚这本书的一个原因。

S. A. 阿列克谢耶维奇：《我是女兵，也是女人》《锌皮娃娃兵》

　　诺贝尔文学奖获得者的作品本来是不必推荐的。我这次推荐可能是因为我特别喜欢今年的获奖者——白俄罗斯作家阿列克谢耶维奇。她写的是非虚构的作品，依靠的是大量的访谈。她关注的是那些最惨痛的事实，第二次世界大战、阿富汗战争、切尔诺贝利核电站事故等，而且最关注的是被卷入这些事件的妇女与儿童。她不是把她（他）们作为怜悯的对象，而是把她（他）们作为主体，从她（他）们的视角来看这些事件，尤其是从女性的视角。

　　她抗议用男性的观点看待战争。她说："把战争和杀人浪漫化的写法使我反感"，"我发现女人杀人要比男人难。女人不太适合于干这种事。遗传中她这种基因也少一些"。我也相信这一点：女性比男性要和平得多，女性比男性更反对战争。但也知道有些战争能够毫不羞惭，乃至引以为荣地把女性与儿童也卷入战争，甚至改变她（他）们的本性。这可以通过阿列克谢耶维奇谈到的事例看到。她谈到一个俊美的女孩杀死了四个俘虏，还有另一个女孩在见到用通条捅死俘虏的时候感到"幸福"。战争会改变一个人。平时要一个人去杀死另一个人很难，战时就不一样了。这种杀戮有时是为了自保，有时也就是因为残忍在战争中已经变成了一个习惯。而这归根结底当然要归罪于那些鼓吹和发动战争者——这些人的确多是男人。

　　她深刻地认识到了，并始终坚持战争的第一本性就是："战争是杀人，不管怎么说都是杀人。"这不必通过多么深奥的理性去认识，最基本的理性甚至凭感性就能认识。但多少人曾经在用各种复杂的名义和理论讴歌战争——现在总算少一些了，但还是不时能看见。人类真正的羞耻和不长进是总有些人不断折腾，制造一些人为的灾难——一些人因此死去，而另一些人苟活下来。

我偶尔也会看到一些知识和文字的精巧智力游戏，看到一些宏大的"乌托邦"梦想和空谈，但我知道，真正护卫生命的思想，甚至真正真实的问题都不在那里面。这些最朴素而又最沉痛、最直面死亡而又最富有生命气息、最柔弱而又最坚韧的文字，才是文学生命的真正根柢。

艾莱娜·吉纳耐斯奇：《佛罗伦萨乌菲齐画廊：伟大的博物馆》

这本介绍佛罗伦萨著名的乌菲齐画廊的书，属于"伟大的博物馆"系列中的一本。它也许不是属于最精美的画册，但价廉物美，是很好的对于博物馆历史、名作的导引，且对其精选的画作除了精到的文字点评，还不仅有全幅之作，也有一些局部的特写。

意大利之行前特意购买了这套书中的两本，除了这本之外还有一本是《罗马博尔盖塞美术馆》，都堪称精致之作。《佛罗伦萨乌菲齐画廊：伟大的博物馆》介绍了文艺复兴运动中的头等艺术大师如达·芬奇的《天使报喜》《三王来拜》，米开朗琪罗的《多尼圆形画》，拉菲尔的《金翅雀圣母》《教皇利奥十世与两位红衣主教》等。当然，还有展现了生命的无比美丽和充盈的波提切利的《春》和《维纳斯的诞生》。它还介绍了如乔托、提香、卡拉瓦乔等众多文艺复兴运动巨匠的作品，让我们深感乌菲齐画廊被誉为"最好的文艺复兴博物馆"的确是实至名归。

乌菲齐画廊能够收集和保留下来这样一大批艺术宝藏——在数十个房间和回廊上有一千五百多件艺术杰作，这和长期统治佛罗伦萨且热爱艺术的美第奇家族有很大关系。那时的政治阶层对艺术和精神的美有一种足够的赏识乃至渴求，而社会也有足以让大师产生的气氛和土壤——这样，如果正好有天才的种子掉落其中，就有可能长成参天大树。还在一百多年前，亨利·詹姆斯就在他的《意大利时光》中写道："一股让我惊异的历史感，让我屏住了呼吸。——美第奇家族当时多么有影响！但现在剩下的只是空气中的一抹情调，微风中的一丝微弱叹息……时间吞噬了行为者和他们的作为，但是仍然笼罩着他们在此经过的气息。我们可以在处女地上规划公园，让它们充满最昂贵的进口货，但是不幸的是，我们不能再次散播一个地方最后的人类灵魂的种子——那只能在适当的时候发芽，而且要经过很长的时间才能生长。但它一旦出现，就无可比拟。"

每年有数百万旅游者拥入佛罗伦萨。我走过了它白日游人如织的中心街道，也走过了仅仅隔了几个街区就行人稀少的街巷，尤其是在晚上，更常常是寂寥无人，但也还是会暗想，这旁边的暗淡老屋里，是否还住着一些不仅杰出，甚至不无伟大的未来艺术家呢？当然，即便说那是一个创造的时代，现在是一个观赏的时代，这也还是堪可安慰，那就让我们尽量好好地继续珍惜和欣赏它们吧。

甘阳、刘小枫：《北大的文明定位与自我背叛："燕京项目"应该废弃》

这篇文章本来想只荐不评，但和主编通信之后改变了想法。燕京学堂一事当另论，仅就此文所涉之理说几句。此文试图捍卫中文的学术主体性，对英文膜拜和外来学术霸权有尖锐的批评。但是，从一个更广阔长远的角度来看，今天的中国大学和学术研究机构不仅有外来霸权和市场侵蚀的一面，还有内部权力变本加厉的宰割和意识形态上收紧管束的另一面。影响学术发展的除了外来霸权和市场，更有权力的干预。可惜此文对可能更严重地影响了学术思想自主发展的后一面却几乎不着一语。作者忆及并赞美的二十世纪八十年代是一个走向宽松的时代，甚至也可说是从封闭中走向世界的时代。那时老人犹存，新人专心向学且富有锐气，也苦学外语。今天的大学与学术研究机构和当时的情况已不可同日而语，虽然有某些方面的显著进步，比如在"大楼"方面，在学科建设、知识积累、外语能力、国际交往、接受新知等方面，但在学术建制和总体气氛方面反有不如当年之处，大学和研究机构常常在权力的干预与市场的诱惑下大量地生产学术泡沫乃至垃圾。外力或不难抑，内功其实难修。只有我们自己持续和广泛地推出学术和思想的精品，才能真正遏制乃至破除英文事实上的学术强势以至霸权。

邓康延、梁罗兴等：《盗火者：中国教育革命静悄悄》

教育是百年大计，需要深谋远虑，但今天教育出现的诸多问题，又逼迫着我们要以"时不我待"的精神去寻求解决之道。用脚投票，能够逸出当前教育体制的人毕竟是很少数，而关键的是教育从根本上关系到我们社会和民族发展的全面和长远。教育兴则中国兴。该书是凤凰卫视引起热议的同名多集纪录片的文字扩编版，集中于中国的教育改革问题。它具有一种相当宏观的视野，从学校教材、课堂教学、作业考试、公民教育、家长社会、教师培养、乡村教育、职业教育到教育体制等方面，无不关注，而且更聚焦于自下而上的、许多直接来自教育第一线的老师们的教改努力和尝试，深度采访了数十所大中小学的教师和多位专家学者。它比起关注高等教育更多地关注基础教育，如果说大学赶超世界一流是越来越近抑或越来越远还是一个疑问的话，那么基础教育近年来让小学生们越来越不堪重负却仍低效甚至误导看来是一个事实。该书群策群力，在问题症结和解决方案方面都多有清醒的认识和富有启发的建议，值得一读。

"年度好书"饶平如《平如美棠：我俩的故事》颁奖词

《平如美棠：我俩的故事》是一部怀念之作，其中有社会变迁的见证，有涤荡了痛苦的平和，更有相濡以沫数十年的爱情。它平淡如树，却又绚丽如花，作者青年抗战，壮年受难，老年丧妻，然而，他并没有丧失生命的童真和诗意。他八旬学画，九十出书，绘画优美，文字清丽，书画合璧，情意深沉。这本书不是思想或政治的巨制，然而，任何思想的探索和制度的改善，其旨归不正是应让所有人过好的生活、美的生活？而每个人也都有如此生活的权利。于是，我们在这里向《平如美棠：我俩的故事》致敬，向生命致敬，向长者致敬，向普通人致敬，向所有在生活中发现美和传递爱的人致敬。

秦晖：《共同的底线》

当中国进入二十一世纪，改革进入深水区，种种"问题"与"主义"的争论重新浮上水面。共识不易求，底线或可觅，作者努力辨析思想观念之异，而又努力在异中求同，致力于阐明一些"主义"本来就重合的部分，澄清许多争论者隐含的共有或应有的前提，从而不仅自身坚守这一底线，而且有理据地寻求尽可能广泛地形成基于这种底线的共识。作者深深扎根于本土的问题意识，又有对世界的广阔视野，其书同时富有历史感和前瞻性、经验实证性和理论思辨色彩、忧国忧民心和昂扬精神，是一部富有学识的思想杰作，而由于其思路清晰，文字明快，论辩鲜明有力，还能让人感到一种思想的力量乃至愉悦。

沈志华：《无奈的选择：冷战与中苏同盟的命运（1945—1959）》

冷战时代中苏同盟关系的确立与分解，是新中国诞生后头三十年国际关系中最重要的政治选择与外交关系，但其真实的过程却长期被"空"对"空"的意识形态论战烟云掩盖。本书力求还原这一关系的真相，达到这一目的对长期研究冷战史、功底深厚、已多有佳绩的作者来说自然是水到渠成，而尤其本书还爬梳了新近开放的多国档案史料，提出了自己的"结构失衡"的解释框架，是富有史识的厚重之作。本书不仅是对新中国外交史学的一个重要贡献，而且在国际冷战史学界也将占一席之地。

孔飞力：《中国现代国家的起源》

本书由作者在法兰西学院的系列讲演构成，却成为一部研究中国现代国家起源历史的"内在导向"的、短小精悍的杰作。它探讨了有关政治法律制度的根本性问题，追问现代国家的一些主要元素在中国是否早就存在。扩大的政治参与、各种力量的政治竞争以及中央政府对地方和社会的政治控制——这些现代国家的要素在该书中被纳入了一种未必成文的"宪法建制"的框架内论述，追溯到了清帝国盛世之末出现危机的时候。虽然在后来与西方大规模遭遇后的历史中，前两种因素一度被后一种因素压倒，但本书的确点明了，扩大政治参与和合理政治竞争的现代国家亦是传统中国发展的一种内需。

张志扬：《幽僻处可有人行？事件·文学·电影阅读经验》

作者是一位独特的生命体验者和思考者，包括他的表达方式也很特别，虽然身为大学教授，但他却很少做那种中规中矩的学术论文，而是将思想学术以体悟的形式出现。他从对自身已足够坎坷而丰富的经历的回忆和思考伸展到文学与电影的阅读和凝神，语句经常看似是片段和跳跃的，但其后面总是有一种持之以恒、缓慢燃烧的东西。这是敏感、细腻而又厚重的生命，但也是"幽僻处"孑孑独行者的生命。这样一本书也是一个邀请，邀请我们进入他看到的生命的风景，这或许是少数能够探幽入深的人才能看到的风景，却也是人生最好不错过的一道风景。

阿图·葛文德：《最好的告别：关于衰老与死亡，你必须知道的常识》

作者葛文德是著名的医生，也是专栏作家。书中从医学角度指出了如何应对衰老、如何救生的一些建议，比如说一定要注意你的脚，脚是老年人真正的危险。但更重要的是一些人生的智慧，比如要充分意识到衰老是不可避免的，人的不断老迈，也就意味着一些机能的慢慢丧失，而最后一定是死亡。人是有死的动物，人必有一老，人必有一死。首先立足于这样的认识，也许才能更好地对待自己，对待亲人和生命。人们包括医生们，一向都是考虑尽最大力量救生，但是，也要考虑如何在衰老的时候依然尽量保持自己和他们的尊严，以及如何在不得不走的时候保持安详。从衰老走向死亡其实是一种自然过程，比起早逝者来说甚至是一种幸运。生要有生的执着，但最后也要有死的宁静，就像叶子静静地落下，且"化作春泥更护花"。

艾里克·克里南伯格：《单身社会》

"男大当婚，女大当嫁"是我们习惯的观念，"愿天下有情人终成眷属"更是人们衷心的祝愿，但如果就是遇不到合适的配偶呢？或者说，如果新兴的个人幸福观念使人们更加重视一己的自由和惬意呢？作者以大量的数据和亲身观察，指出恰恰是在北欧、在美国等一些发达地区和国家单身生活者占总人口的比例最大，而且，在中国、巴西等一些高速发展的国家，独居的人数也增长得很快。他并不认为独居者就是孤独者，相反，他们可能在社交上还更活跃。这样，作者就的确向我们提出了一个非常现实和必须进一步严肃思考的问题：如果某种独居生活就是越来越多的人的自愿选择，那么如何看待这样的一种社会趋势？它还会扩展吗？人一向被认为是群体生活的动物，但是，持续了成千上万年的交往和组合方式将发生一些根本性的变化吗？

斯蒂芬·平克：《人性中的善良天使：暴力为什么会减少》

在不少悲观的知识分子怀疑人类在科技和经济等方面虽然取得长足进步，但在道德方面并不如此，甚至还在退步的时候，平克这本书指出，至少人类历史中有一个基本的进步趋势是明显的，即暴力在趋于减少。尤其是在"二战"之后的七十年里，超级大国和发达国家停止了彼此之间的战争，各种武力冲突在世界范围内也一直在下降，乃至较小规模的暴力行为——如对少数族裔、妇女、儿童这些弱者的暴力侵犯——也越来越少。也就是说，人类暴力的减少是全方位的，涉及从家庭、社会到国家、国际的各个方面。

而且，平克还分析了暴力减少的内在原因和外在原因。他指出了四个带我们走出暴力，减少暴力的内在"天使"：第一是移情，第二是自制，第三是一种道德感，第四则是理性。但内在的原因还必须有与制度的一种配合，这些制度力量的第一个因素大概要归之于政治秩序的改善；其次一个重要的原因可能就是近代经济的迅速发展，它提供了和平双赢的可能性而不必走向争夺领土和资源的零和博弈；再次，各种层次的国际组织也起了推动和平的作用。

平克的这本书的确是一本可以改变我们对历史的认知的书，一本可以让我们重新审视我们的道德和制度的书。它的翻译出版对中国来说可能尤其适得其时，中国虽然近年也享受了长期的和平，但还是要谨防容许甚至赞许暴力的观念被激活的可能。

弗朗西斯·福山：《政治秩序与政治衰败：从工业革命到民主全球化》

这是接着《政治秩序的起源：从前人类时代到法国大革命》的第二卷。这里所说的"政治秩序"，不仅是指一般的政治秩序，或者说最早的政治秩序，而主要是结合了国家能力、法治与民主负责制的现代三合一的"政治秩序"，这本书主要是讨论这种政治秩序的起源、兴起和衰退，讨论其中三要素在历史上的分别起源和近代结合。所以说，福山基本上没有放弃历史终结于"自由民主国家"的早期观点，甚至还可以说从其"终点"回溯而做了一种历史的背书。但是，探讨的重心转到了国家能力。他认为不仅后发的走向民主的国家遇到了这个问题，先发的国家尤其是美国，也遇到了这个问题。当然，并不是所有的国家都遇到了这样的问题，不同的国家其实各有自己的幸运和不幸。

彼得·德鲁克：《经济人的末日：极权主义的起源》

这是一本薄书，却是一本天才预见之作。它写于一九三三年希特勒掌权之前，但到一九三九年春天才出版。它预见了许多东西，比如希特勒的反犹主义将受其内在逻辑驱使走向"终极方案"的屠犹；西欧国家的大军将无法抵御德国人等。他以一种不同于阿伦特的方式探讨了极权主义的起源。他强调西方只有发展出一种新的、非经济的"自由平等"社会，才能真正战胜极权的法西斯主义。

托尼·朱特、蒂莫西·斯奈德：《思虑20世纪：托尼·朱特思想自传》

历史学家往往大器晚成。朱特在博士毕业之后找工作并不顺利，他几次辗转欧美任教，经历三次婚姻，开始研究的课题也非热门，直到四十多岁出版《未竟的往昔：法国知识分子，1944—1956》才一夜成名，到二十一世纪出版了《战后欧洲史》四卷之后才奠定了他史学大家的地位。《思虑20世纪：托尼·朱特思想自传》是耶鲁大学教授斯奈德在朱特逝世前一年采访他的一个对话录，那时朱特已经确诊患上了"渐冻症"，知道自己时日无多，所以也可以说这是他最后的遗言。朱特在书中回顾了自己一生的智力活动与紧张思考，他应该说还是属于西方思想谱系中的左翼，甚至有一种家传的民主社会主义的思想承袭，但是也恪守一种道德底线，对暴力和压制保持高度的警惕，反对任何一方，包括知识分子轻易地鼓吹暴力。他在《思虑20世纪：托尼·朱特思想自传》中也探讨了一种史学的方法论和职业伦理，指出不要用"宏大"的所谓"真理"扭曲似乎"小小"的"真相"。

托尼·朱特：《未竟的往昔：法国知识分子，1944—1956》

此书对那十二年的法国知识分子的思想言论的分析深刻入微。那是法国知识分子最好的十二年，也是最坏的十二年。那时许多知识分子富有激情和才华，也很想担当正义的代言人，对社会也很有影响，但他们也有许多地方错得离谱，脱离常识和普通人的良知。该书出来之后有些人批评他是否对法国知识分子责之过甚，故此他后来又写了《责任的重负》来分析他赞赏的几个知识分子如加缪、阿隆等。

我特意在此多推荐朱特的几本书，是想说，好好读一读朱特吧。具有历史洞见、学风严谨而又叙述出色的史学家并不很多，我们不要轻易错过他。比如同时涉足历史与金融领域的弗格森的一系列史学著作也相当不错，但在思想性和生动性方面比起朱特来还是稍逊一筹。

S. A. 阿列克谢耶维奇：《二手时间》

苏东事件过去将近三十年了，当时是否还发生了一些我们其实并不很清楚的事情？在一场堪称历史上改造"新人"的最大试验之后，现在苏联的人们又怎么看待今天的自己和过去的事变？他们目前的生活状态，尤其是心态又发生了一些什么样的变化？这本口述实录将帮助我们深入了解这一现状和过程。在我看来，这本书在某种意义上可以看作是陀思妥耶夫斯基《卡拉马佐夫兄弟》中"宗教大法官的传奇"的一个生动注脚。

《二手时间》这部口述实录作品也许不是这位二〇一五年诺贝尔文学奖获得者所有作品中最引人震撼的，但至少是最耐人思索的，尤其值得我们中国读者思考。如果说朱特的书包含了对西方左派的反省，那么，这本书或许可以说是对东方右翼的一个提醒。

后记

我想，如果有人说我是"最接近于中国传统读书人"的人们中的一个，我将欣然接受。我越来越觉得，我不是什么新锐的学者，甚至难说是一个严格现代意义上的学者，而就是一个中国传统意义上的读书人。当然，这并不妨碍我也够多，甚至更多地读域外之书。我的思想学术，虽然是从伦理与人生哲学切入，但也不仅限于这个领域，什么书都看，跟着兴趣走，文史哲或者四部不分家。看了忍不住也会写写文字，也是不太区分领域，跟着自己的问题意识走，且各种文体的文字也都写点。幸运的是，即便到了我生活的时代，我还能仅凭读书就获得一个学术职位，还能够专门从事教书和研究，不仅能养活自己，甚至可以说过上了一种像样的生活。

　　本书就是我最近五六年来的一些读书体会，包括书评、序跋、题记、讲演、荐语，乃至对一些读书人物的回忆等，总之是一些与书有关的文字。它们大部分在报刊上发表过，也有些是置于个人私箧。我要在这里感谢筹划主持"高和分享"微信公众号的许洋、《中华读书报》的王宏伟、《三联生活周刊》的阎琦、《南方周末》的刘小磊，还有上海知本读书会、《新京报·书评周刊》、《读书》等处的朋友们的邀请和督促，使我写出了这些文字。最后感谢继东兄邀我将这些文字结为一个集子，或可与同好共享和交流。

何怀宏

2017年春于访美途次

2022年春定稿

图书在版编目（CIP）数据

生活与忆念 / 何怀宏著. — 长沙：湖南人民出版社，2022.10
ISBN 978-7-5561-3030-6

Ⅰ. ①生… Ⅱ. ①何… Ⅲ. ①随笔－作品集－中国－当代
Ⅳ. ①I267.1

中国版本图书馆CIP数据核字（2022）第155952号

生活与忆念
SHENGHUO YU YINIAN

著　　者：何怀宏
出版统筹：陈　实
监　　制：傅钦伟
选题策划：领读文化
产品经理：领　读-孙华硕
责任编辑：刘　婷
责任校对：陈卫平
装帧设计：欧阳颖

出版发行：湖南人民出版社有限责任公司［http://www.hnppp.com］
地　　址：长沙市营盘东路3号　　邮编：410005　　电话：0731-82683313
印　　刷：长沙新湘诚印刷有限公司
版　　次：2022年10月第1版　　　　　印　　次：2022年10月第1次印刷
开　　本：880 mm × 1230 mm　　1/32　　印　　张：7.25
字　　数：160千字
书　　号：ISBN 978-7-5561-3030-6
定　　价：48.00元

营销电话：0731-82683348（如发现印装质量问题请与出版社调换）